FOLIO BIOGRAPHIES

collection dirigée par

GÉRARD DE CORTANZE

Attila

par

Éric Deschodt

Gallimard

Crédits photographiques :

1 : J.-L. Charmet/Bridgeman Giraudon. 2 : Victoria & Albert Museum/Harper Collins Publishers/The Art Archive. 3 : Archivo Iconografico/Corbis. 4 : Bridgeman Giraudon. 5 : E. Lessing/akg-images. 6 : Bettmann/Corbis. 7, 14 : collection Kharbine-Tapabor. 8 : collection Jonas/Kharbine-Tapabor. 9 : Selva/Leemage. 10, 11 : collection Christophe L.-D.R. 12 : Brigitte Enguerand. 13 : Hulton-Deutsch Collection/Corbis.

Né en 1937, Éric Deschodt a été journaliste à la RTF, *Jours de France*, *Spectacle du Monde*, *Valeurs actuelles*, et collabora longtemps au *Quotidien de Paris* et au *Figaro-Magazine*. Écrivain, il a publié une vingtaine d'ouvrages, parmi lesquels des biographies de Saint-Exupéry, Gide, Agrippa d'Aubigné, Barrès, ainsi qu'une dizaine de romans, dont *Le roi a fait battre tambour*, *Le Royaume d'Arles*, *Le Scorpion d'or*...

Origines

Le nom d'Attila demeure célèbre en Occident plus de quinze siècles après sa mort, bien au-delà du cercle étroit des historiens des grandes invasions et de la fin de l'empire romain. Il est synonyme de massacre et de dévastation. De même celui de son peuple, qui était le peuple hun.

Les Huns, bien avant lui, répandaient l'épouvante ; avec lui, les limites en furent reculées et ne furent plus dépassées.

Huns en Europe, Hiong-nou en Chine. Huns et Hiong-nou furent deux rameaux d'une même nébuleuse de hordes établies, si l'on ose dire, en Sibérie orientale, au nord de la Mongolie.

Du Pacifique à l'Atlantique, de la Chine jusqu'en Europe, Huns ou Hiong-nou pendant cinq siècles répandirent la terreur ; Attila fut leur apogée.

Qui étaient-ils ?

Des cavaliers. Cavaliers avant tout. Cavaliers dans l'âme. Cavaliers armés d'arcs. Archers à cheval.

Aujourd'hui que la mécanique a tué le cheval, on ne saisit plus bien le sens de la double translation — verticale et temporelle — qui faisait de l'homme à cheval non pas tout à fait un surhomme — il faut bien quelquefois mettre pied à terre —, une ébauche de surhomme. Plus grand et plus rapide que les hommes ordinaires, voyant plus loin, allant plus vite — il faut voir loin pour aller vite — que le commun des mortels. Les Huns profitèrent sans vergogne de ce double avantage.

Cavaliers d'origine turque ou mongole — la question est mal tranchée — qui erraient depuis toujours en haute Asie. Éleveurs nomades comme tout le monde entre Sibérie et Gobi. Mais à l'inverse de tout le monde, leurs troupeaux ne les obsédaient pas : ils leur préféraient ceux des autres. La rapine épargnait les soins du bétail.

Ils vivaient de pillages et de rançons, pimentant de massacres gratuits la monotonie de leurs courses. Gratuits ? C'est trop dire. Il n'est pas interdit de penser que pour certains d'entre eux au moins ces tueries — patauger dans le sang — leur procuraient le plus grand plaisir. Officiellement, ces massacres étaient stratégiques, n'ayant pour but que d'engendrer la panique qui leur facilitait la besogne. La reddition sans condition de leurs victimes.

Turcs, mongols ou turco-mongols, les Huns du Nord — Hiong-nou en Chine — et les Huns de l'Ouest — Huns noirs et Huns blancs (on fera plus tard la distinction) — sont tous originaires de l'Asie des steppes qui s'étend sur des millions de kilomètres carrés entre la Sibérie au nord, le Tibet et le fleuve Jaune au sud, le Pacifique à l'est et l'Altaï à l'ouest.

Un coup d'œil aux Huns du Nord est ici nécessaire car sans eux les Huns de l'Ouest n'auraient pas existé.

Les Hiong-nou apparaissent dans les annales chinoises au IIIe siècle avant Jésus-Christ.

Le centre de leur pouvoir était installé au nord de la Mongolie, en Sibérie orientale, dans le bassin de l'Orkhon, affluent de la Selenga qui alimente le lac Baïkal, non loin du site de Quaraquoroum où mille ans plus tard un autre Mongol, Ögödeï, troisième fils de Gengis Khan, installera sa capitale avant de conquérir la Chine.

Traversant la Mongolie, les Hiong-nou multiplient les incursions dans les provinces septentrionales de l'empire. Les Chinois, pourtant déjà très nombreux, sont rapidement débordés. Leurs cavaliers sont ridicules dans la longue robe traditionnelle qui les paralyse en selle. Ils se font tailler en pièces.

Alors l'empire — chose inconcevable — piétine sa fierté. Chose inouïe, le Fils du Ciel ordonne à ses escadrons d'abandonner la robe des Han pour le pantalon de leurs ennemis, le vaste futal des steppes serré à la cheville. Les Chinois y gagnent en agilité, mais surtout pour détaler devant les archers trop précis du Nord. Car le pantalon ne fait pas l'archer.

Désespérant de l'emporter en rase campagne sur les Huns, l'empire accélère la construction de la

Grande Muraille ; elle sera achevée vers 215 mais ne sera jamais étanche.

La Grande Muraille est un défi qui aimante les Huns. Ils s'enhardissent. À la fin du IIIe siècle, ils occupent la Mongolie.

Au IIe siècle, ils bousculent les Yue-tche du Kan-sou, province nord-ouest de l'empire à cheval sur le long mur. Première vague d'une longue série qui balaiera l'Europe, les Yue-tche s'enfuient vers l'ouest. (Ces Yue-tche sont les Tokhares des auteurs grecs de l'époque, les mêmes qui en Afghanistan enlevèrent la Bactriane aux successeurs d'Alexandre, effaçant pour vingt siècles de l'Asie centrale les influences occidentales.)

En 161, les Huns s'avancent dans le Chen-si, le long du fleuve Jaune, brûlent un palais impérial à Houei-tchong et menacent Tch'ong-ngong, la capitale de l'époque.

En 142, ils attaquent la Grande Muraille vers Yen-men, au nord du Chen-si.

En 129, ils dévastent la région de Pékin.

En 127, les Chinois se reprennent, profitant des divisions de l'ennemi. Divisés, donc affaiblis, les Huns sont rejetés en haute Mongolie.

En 108, les Chinois passent à l'offensive. Ils vont chercher en Transoxiane — dans le Ferghana d'aujourd'hui qui fait partie de l'Ouzbékistan — de grands chevaux de ce pays, dans l'espoir de surclasser les petits chevaux des Huns.

En l'an 102, traversant la moitié de l'Asie, le général Li Kouang-li perd en chemin, de faim et de soif, la moitié de ses soixante mille hommes, mais il ramène en Chine trois mille de ces coursiers, ce pour quoi sa renommée a traversé les siècles.

Vers 60, toujours divisés, les Huns continuent de perdre du terrain. Les Chinois s'assurent le contrôle de la route de la soie dans le Tarim — entre le Tibet et le lac Balkash — jusque-là lourdement rançonné par leurs ennemis.

Ces revers ne rendent pas les Huns plus sages. Ils cultivent leurs discordes au point qu'en 51 le chef Hou-han-yé demande la protection chinoise contre son rival Tche-tche. Surclassé, celui-ci, en 44, s'en va comme les Tokhares chercher fortune vers l'ouest. Il se répand dans le Turkestan russe jusqu'à la mer d'Aral. Le Caucase n'est plus très loin. Au-delà, l'Europe commence. Mais la catastrophe n'est pas pour tout de suite.

En 36, la constitution par Tche-tche d'un empire hun de l'Ouest va bon train lorsqu'il est surpris par le général chinois Tcheng-tong qui le capture et lui coupe la tête. Les Huns de l'Ouest pour trois cents ans sortent de l'Histoire.

En 33, Hou-han-yé, rival heureux de Tche-tche, réalise l'ambition suprême de tous les chefs nomades de l'Est : il épouse une princesse chinoise (peut-être une femme de chambre qu'on lui a présentée comme telle ; les Chinois pratiquaient ce genre de plaisanterie). Rassasiés, les Huns du Nord, désormais clients de la Chine, ne causent plus de soucis.

Au Ier siècle de notre ère, la situation est la suivante : les Huns du Nord dépendent des Chinois et les Huns de l'Ouest, descendants des partisans de Tche-tche, se maintiennent sans tapage dans le Kazakhstan. Sans tapage faute de chroniqueurs attachés à leurs exploits.

Éveil

Trois siècles passent dans ce silence puis les Huns du Nord et ceux de l'Ouest, se réveillant presque ensemble, entrent en même temps dans le grand jeu. Les premiers contre la Chine qui les croyaient domptés, les seconds contre l'Europe qui ignorait leur existence.

En 311, le Hun Lieou Ts'ong s'empare de la capitale chinoise et de toute la Chine du Nord jusqu'au fleuve Jaune tandis que les Huns de l'Ouest se mettent en route vers le couchant.

Vers l'ouest ? « Pour quelle raison ? » s'interroge René Grousset dans *L'Empire des steppes*[1*]. « Nous l'ignorons », répond-il. Exemplaire modestie de ce grand savant.

Conduits par un chef appelé Balamir, ces Huns-là, bientôt surnommés Huns noirs, passent la Volga, le Don, le Dniepr, le Dniestr, atteignent le Danube. Au passage ils écrasent les Alains du Térek, les Alains du Kouban et les Ostrogoths de l'ouest du Dniepr qui n'étaient pourtant pas ten-

* Les notes bibliographiques sont regroupées en fin de volume, p. 255.

dres. Les Wisigoths, brutes impavides, s'enfuient devant eux sans vergogne, franchissent le Danube et pénètrent en masse dans l'empire d'Orient — l'empire romain d'Orient, capitale Constantinople — et s'y imposent avec éclat.

Les Huns, mystère, les laissent filer. Séduits par la steppe hongroise, où leurs descendants prospèrent aujourd'hui, ils s'arrêtent là, freinés peut-être par la nostalgie. Ils ne sont pas dépaysés et peut-être craignent-ils de l'être : la *Puszta* prolonge la steppe russe qui prolonge celles d'Asie centrale et de Mongolie, mais elle est la dernière vers l'ouest et sans doute le pressentent-ils.

Au-delà du Danube, quand on va vers l'Atlantique, la géographie se complique en petits compartiments infestés par la forêt. Collines, montagnes, plateaux, vallées, étroitement imbriqués pour décourager le cheval et contrister le cavalier. La *Puszta* reproduisait les paysages ancestraux, les Huns s'y arrêtèrent.

Outre l'illusion de liberté que sa platitude permettait d'entretenir, la *Puszta* avait un autre avantage : elle n'était pas vide. Elle était peuplée de Gépides, peuple germanique sans doute décadent loin de sa forêt originelle, car, à l'inverse d'Arminius qui détruisit les légions d'Auguste, il se soumit très vite aux Huns pour fournir aux nouveaux venus du personnel de maison.

Les Huns vont séjourner là quelques dizaines d'années, dans un espace insignifiant pour pareils nomades habitués à déambuler dans les étendues illimitées de l'Asie. Car si la *Puszta* prolonge la steppe russe, elle la prolonge très petitement.

Convoitises

Donc, les Huns s'ennuient. Sur la rive gauche du Danube, servis par les Gépides, les Huns oisifs, réduits à eux-mêmes, ne peuvent pas se consoler de cette inaction au spectacle de l'autre rive. Ce spectacle, loin de là, alimente leurs frustrations. Ils rêvent de passage en masse et de ruées triomphales jusqu'au cœur de cet empire qui commence sous leurs yeux, étalant l'opulence grisante d'une puissance certes diminuée mais encore formidable. Ce dont se félicitent ces guerriers dans l'âme puisque « à vaincre sans péril... ».

Condamnés par d'obscures circonstances à tourner en rond dans un espace dérisoire, les Huns rongent leur frein et les meilleurs d'entre eux, les mieux dignes de leur nom viennent tour à tour se poster au bord du fleuve frontière, ulcérés et mélancoliques.

À cheval, ils observent l'empire, ses villes, ses marchés, son commerce ; calculent les richesses qu'engendrent ses trafics. Évaluent ses garnisons, leurs relèves, leurs forces et leurs faiblesses. Aucun obstacle n'arrête la vue vers l'ouest à cette frontière. Exercés à repérer les mouvements d'une souris à l'horizon des steppes d'Asie, les Huns ont les yeux les plus perçants du monde.

Ils passent le fleuve aussi, seuls ou par petits groupes pacifiques, pour visiter, discuter, s'informer. Polis, affables même, curieux de tout. Malgré toutes ces courtoisies, les Romains du *limes* s'habituent mal à leurs grosses têtes, à leurs balafres, à leurs jambes arquées, à leur impassibilité scrutatrice, à leur puanteur — dont certains auteurs ont soutenu qu'elle était calculée pour inspirer la répugnance (de celle-ci à l'épouvante, il n'y aurait qu'un pas).

Rien n'échappe à ces guetteurs. Ils enregistrent tout avec d'autant plus d'ardeur que tout est nouveau pour eux. Leurs frères de l'Est connaissent la Chine, ses villes, sa civilisation majestueuse, eux n'ont jamais rien vu de pareil. Les convoitises s'accumulent et s'échauffent.

Impressions

Les Huns sont arrêtés sur la rive gauche du Danube mais leur réputation les a précédés dans toute l'Europe jusqu'à l'Atlantique.

Les Huns dépassent en férocité et en barbarie tout ce qu'on peut imaginer. Ils labourent de cicatrices les joues de leurs enfants pour empêcher la barbe de pousser. Leur corps trapu avec des membres supérieurs énormes et une tête démesurément grosse leur donne un aspect monstrueux. Ils vivent d'ailleurs comme des animaux. Ils ne font cuire ni n'assaisonnent leurs aliments, vivent de racines sauvages et de viande mortifiée sous leur selle. Ils ignorent l'usage de la charrue, les habitations sédentaires, maisons ou cabanes. Éternellement nomades, ils sont rompus dès l'enfance au froid, à la faim, à la soif. Leurs troupeaux les suivent dans leurs migrations, traînant des chariots où leur famille est renfermée. C'est là que leurs femmes filent et cousent leurs vêtements, enfantent et élèvent leurs enfants jusqu'à la puberté. Demandez à ces hommes d'où ils viennent, où ils sont nés, ils l'ignorent. Leur habillement consiste en une tunique de lin et une casaque de peaux de rats cousues ensemble. La tunique, de couleur sombre, leur pourrit sur le corps. Ils ne la changent que parce qu'elle les quitte. Un casque ou un bonnet rejeté en arrière et des peaux de bouc roulées autour de leurs jambes velues complètent cet équipage. Leur chaussure taillée sans forme ni mesure, ne leur permet pas de marcher ; aussi sont-ils tout à fait impropres à combattre comme fantassins, tandis qu'une fois en selle, on les dirait cloués sur leurs petits chevaux, laids mais infatigables et rapides comme l'éclair. C'est à cheval qu'ils passent leur vie, tantôt à califourchon, tantôt assis de côté à la manière des femmes. Ils y tiennent leurs assemblées, ils y achètent et vendent, y boivent et mangent, ils y dorment même, inclinés sur le cou de leurs montures. Dans les batailles ils fondent sur l'ennemi en poussant des cris affreux. Trouvent-ils de la résistance, ils se dispersent, mais pour revenir avec la même rapidité, enfonçant et renversant tout ce qui se rencontre sur leur passage. Toutefois, ils ne savent ni escalader une place forte ni assaillir un camp retranché, mais rien n'égale l'adresse avec laquelle ils lancent, à des distances prodigieuses, leurs flèches armées d'un os pointu, aussi dur et meurtrier que le fer[2].

Cette page fut longtemps fameuse. On l'ânonna des décennies durant dans les collèges d'Europe, à l'époque des « humanités » et de la prééminence des lettres classiques. Elle est d'Ammien Marcellin, officier romain d'origine syrienne dans les armées de l'empereur Julien l'Apostat, mort à Rome vers 400. Émule de Tacite, il a tracé dans ses *Histoires* le premier portrait des Huns. Premier et dernier en cela qu'il en a fixé les traits pour toujours, d'autant plus qu'il s'était acquis une réputation de véracité exemplaire. Le détail de la viande « mortifiée sous la selle » nourrit pendant des siècles leur légende et l'alimente toujours.

Après Ammien Marcellin, le Gaulois Sidoine Apollinaire, Prosper d'Aquitaine et le Grec Priscoos, tous trois contemporains d'Attila, les deux derniers l'ayant personnellement fréquenté, n'ont ajouté que des variantes à cette description.

Le Goth Jornandès, dont on ne sait pas s'il fut moine en Thrace ou évêque à Ravenne, postérieur d'un siècle, fait partie lui aussi des auteurs canoniques en dépit de ce décalage et bien que son œuvre de référence, *Origine et histoire des Goths*, ne soit qu'un abrégé d'un livre perdu de Cassiodore composé en 552.

Saint Sidoine Apollinaire, qui fut évêque de Clermont, avait vingt-trois ans à la mort d'Attila en 453. Il avait épousé l'année précédente la fille du préfet des Gaules Avitus. Cet Avitus avait rallié Théodoric, roi des Wisigoths d'Aquitaine, à la coalition des Francs et des Romains qui allait arrêter le Hun en Champagne, sauvant la Gaule et ce qui restait de l'empire d'Occident. Le renfort des Wisigoths avait été décisif.

Dans ses *Lettres*[3], en neuf volumes, le futur évêque attribue l'aspect des Huns à une déformation volontaire pratiquée pendant l'enfance. Leur nez n'est plus selon lui qu'une « excroissance informe et plate ». Ils ont les pommettes saillantes et les yeux enfoncés dans des orbites caverneuses et « cependant il s'en échappe des regards perçants qui embrassent les plus lointains espaces ». Il confirme enfin, dans un style plus exalté que celui de l'officier syrien, leurs qualités d'archers : « Armé d'un arc énorme et de longues flèches, le Hun, précise-t-il, ne manque jamais son but ; malheur à celui qu'il a visé, car ses flèches portent la mort ! » Il conclut poétiquement — étant l'un des rares saints poètes, à la différence des prophètes qui l'étaient presque tous : « Le Hun est petit quand il est à pied, mais qu'il est grand à cheval ! »

Quand commence le Ve siècle, les Huns sont maîtres de toutes les steppes entre l'Oural et le Danube.

Timidités ?

Les cavaliers de Balamir témoignent d'une étrange patience devant le fleuve au-delà duquel commence l'empire romain. Pourquoi ne vont-ils pas plus loin ? Timidité ? Improbable. Calcul ? « Nous l'ignorons », dirait peut-être René Grousset.

La timidité n'est pas plausible car les Wisigoths qu'ils ont chassés devant eux ont écrasé à Andrinople en 378 l'armée de l'empereur d'Orient Valens, qui périt dans la bataille. (Andrinople aujourd'hui est devenue Édirne, en Turquie d'Europe.) Jamais l'empire — l'empire entier, Occident et Orient unis — n'avait connu pareil désastre. Depuis, les Wisigoths se prélassent en Thrace et en Mésie, aux portes de Constantinople. Ils sont riches, ils ont des esclaves. Leur fuite devant Balamir leur a rapporté le centuple de ce qu'ils ont laissé derrière eux.

Ce qu'avaient fait ces Wisigoths, les Huns ne pouvaient-ils pas le faire ? Et faire beaucoup mieux encore ? Qu'attendent-ils ? Des renforts ? On est réduit aux hypothèses.

L'hypothèse la plus solide est l'attente d'un temps propice. Car l'empire s'est relevé après le désastre.

Théodose a remplacé Valens et Théodose est un homme de guerre qui sera bientôt Théodose le Grand. Il sera le dernier mortel à diriger l'empire entier, l'Orient et l'Occident ensemble, Rome et Constantinople.

Les Barbares sont partout contenus par ce chrétien féroce, qui a reçu le baptême en 380, persécute les païens, extermine les dissidents et fait massacrer sept mille Thessaloniciens dans le cirque de leur ville pour venger l'assassinat de l'un de ses généraux. Quant aux Huns, conscient du péril, il les joue les uns contre les autres, admet certaines de leurs hordes au statut d'alliés — contre les Goths notamment, en 382 —, maintient les autres dans les ténèbres extérieures et ça marche : le péril est conjuré. Ce n'est pas diviser pour régner mais pour respirer. L'expédient montre assez combien les Huns sont redoutables. Mais pourquoi se tiennent-ils tranquilles ?

La popularité de Théodose est immense dans l'empire. En 394, il décide de le laisser après lui à ses deux fils, Arcadius et Honorius ; le premier aura l'Orient avec Constantinople, le second l'Occident avec Rome et Ravenne. Il meurt à Milan quatre mois plus tard, le 17 janvier 395.

Attila naît la même année. Il aura deux empires à combattre. « Beaucoup d'ennemis, beaucoup d'honneur. »

Attila

Fils de roi ? Il l'a dit lui-même, mais chez les siens la notion de royauté était très floue. Plutôt fils de chef. De quel chef ? Son père s'appelle Mundzuk.

Après la mort de Balamir, au début du Ve siècle, la horde principale des Huns de Hongrie est dirigée par quatre frères, les quatre fils du « roi » Turdal : Oktar, Mundzuk, Ébarse et Roas. Ils règnent ensemble sans trop de heurts, menant envers l'empire romain une politique conciliatrice.

Des quatre, l'aîné, Oktar, est celui qui comprend le moins bien cette modération. En cela le plus « hun » de la bande, il passe sa vie en expéditions tous azimuts, franchissant souvent le Danube au grand dam de ses frères. Il veille toutefois à ne pas s'en prendre aux Romains eux-mêmes, assaillant de préférence les Goths et les Burgondes, alliés instables de la Ville éternelle.

Mundzuk, plus raisonnable, est l'administrateur de l'équipe.

Ébarse veille aux relations « intérieures », autrement dit aux rapports avec les autres Huns.

Roas est le « chef souverain » qui traite avec les

puissances étrangères, cultivant l'amitié de l'empire, spécialement celle d'Honorius, l'empereur d'Occident, mais il n'est pas le seul : Rome est encore très courtisée.

Un autre Hun, Uldin, chef d'une autre horde, se veut le meilleur ami de Rome avant tous ses congénères. Il propose sans cesse ses services à l'empire qui ne le décourage pas — il dispose de la meilleure cavalerie entre l'Oural et le Danube — mais le fait attendre, préférant le voir dehors que dedans.

Situation

Attila reste un mystère. On sait qu'il fut le chef des Huns, Barbares d'Asie surgis à cheval aux confins de l'Europe vers la fin du IIIe siècle.

On sait qu'il fonda un empire, de l'Oural au Danube ; qu'il mit à genoux en peu d'années les deux puissances héritières de la Rome d'Auguste, Rome elle-même et Constantinople ; qu'il mourut subitement à cinquante-huit ans, à la veille du lancement d'une campagne finale contre l'Occident ; que son empire se désagrégea aussitôt et que les Huns quittèrent l'Histoire au bénéfice du mythe.

Les exploits d'Attila sont publics, mais l'homme même est une énigme : on sait ce qu'il fit, mal ce qu'il fut, au-delà de son apparence physique qui fut décrite précisément par des témoins sérieux. Il avait une énorme tête, le visage triangulaire, glabre hormis un bouc pointu ; des yeux perçants ; il était plus large que haut…

Les mêmes témoins précisent aussi que ces traits inquiétants n'étaient pas ceux d'une brute : il parlait le grec et le latin et quant à sa férocité la plupart des empereurs romains de son temps la surpassaient de loin, sans égaler sa bravoure ni son génie.

Il aurait été plus diplomate que guerrier, en privé le meilleur ami du monde, délicat envers les femmes — à l'aune du Ve siècle —, père attentif et même tendre…

On sait enfin que dans une époque où grouillaient les divinités, où seuls les juifs et les chrétiens ne croyaient qu'en un seul Dieu, il demeura fidèle au panthéisme animalier des steppes administré par les chamans pour qui les Huns venaient d'un loup. Gengis Khan, mille ans plus tard, revendiquera la même origine et les Mongols d'aujourd'hui s'en réclament toujours.

Ni Dieu ni maître, autrement dit, mais très tolérant : si Attila tua beaucoup de monde, il ne persécuta personne. On ne connaît pas d'autre exemple d'empereur anarchiste. Anarchiste et respectueux de toutes les croyances, ce n'est pas un paradoxe : « L'anarchiste aime tellement l'ordre qu'il n'en supporte pas la moindre caricature. »

Grand politique ? C'est peu dire. Les hommes ne lui résistaient pas, c'était un charmeur invincible. L'espace et le temps furent moins complaisants ; l'espace perfide, le second implacable.

L'espace ? Vertige.

À cheval ! En avant ! Des steppes de l'Asie centrale, l'horizon recule toujours, vers l'est ou vers l'ouest. D'un côté la Chine et le Pacifique, de l'autre l'Europe et l'Atlantique, qui ne font qu'un, vus d'un peu haut.

La Chine était déjà antique quand Attila parut.

Concentrée sur elle-même, elle dédaignait — courtoisement — le reste du monde.

Aux mains devenues débiles d'un empire malade, l'Europe offrait aux aventuriers des perspectives fascinantes, du fait d'une conjonction unique de faiblesse et de richesse.

« Qui trop embrasse mal étreint », la Rome d'Auguste avait trop embrassé. Le génie latin de la conquête et de l'organisation s'était épuisé. De l'Écosse à la Perse, en passant par l'Égypte et l'Afrique du Nord, l'absorption d'une multitude hétéroclite de peuples avait dépassé des capacités pourtant prodigieuses d'assimilation et de protection.

À la naissance d'Attila, l'empire « prenait l'eau » de toutes parts depuis plus de cent ans. Des flots de Barbares toujours renouvelés abordaient ses frontières. Comme l'eau la plus forte pente, ils cherchaient les points les moins défendus de la ligne immense qui courait de la mer du Nord à la mer Noire, le long du Rhin et du Danube. Tantôt s'infiltraient sans bruit, tantôt passaient en force.

« Il n'est de richesse que d'hommes », écrira Jean Bodin douze siècles plus tard, sous le règne de François Ier. Les hommes manquaient à Rome. Les frontières étaient poreuses. Les garnisons étalées le long des fleuves étaient à la fois trop faibles et trop espacées pour constituer le barrage souhaité. Il avait fallu très vite jouer les uns contre les autres ceux qui ne cessaient de s'inviter dans l'empire. Litanie interminable : Alains, Alamans, Angles, Avars, Burgondes, Francs, Germains, Hérules, Jutes, Lombards, Ostrogoths, Saxons, Suèves, Vandales et Wisigoths... Du cœur de l'Asie jusqu'à l'Atlantique, cette horde de peuples fut poussée de proche en proche par l'avancée de guerriers intraitables qui décidèrent on ne sait pourquoi que leur avenir était à l'Ouest.

Pourtant, si l'empire est divisé et l'Europe mûre pour l'invasion, l'empire — les deux empires — est toujours redoutable : les légions, depuis longtemps cosmopolites faute de volontaires romains, demeurent invincibles pourvu qu'un capitaine surgisse, les rassemble, leur rappelle leur devoir et le souvenir de leur ancienne vertu, fondement d'un empire dont l'ampleur, la cohésion et la durée font toujours rêver.

Naissance

Le plus célèbre des Huns naquit en 395 dans un palais de bois, quelque part dans la grande plaine qui borde au cœur de l'Europe la rive gauche du Danube dans la Hongrie d'aujourd'hui, au nord de l'actuelle ville de Linz qui a donné son nom à une symphonie de Mozart. Fils de prince sinon de roi — petit prince, sinon petit roi. Il mourut dans la même région, une soixantaine d'années plus tard, ainsi bouclant une boucle immense qui l'avait mené de la Chine au Bassin parisien, en passant par les faubourgs de Constantinople et les défenses avancées de Rome, à la tête d'un nombre incalculable de cavaliers — incalculable car inconnu : furent-ils dix mille, furent-ils cent mille, furent-ils un million ? Les historiens démographes n'ont pas fini d'en disputer. Peu importe le nombre, c'est le résultat qui compte. « Le monde est fait pour quelques-uns », soutenait déjà César cinq siècles avant notre homme.

« On sait qu'il avait un crâne énorme et le bas du visage aigu, les pommettes très saillantes, le nez fort et long, mais au bout absolument aplati, le cheveu sans doute brun mais volontairement [ce volontairement est exquis] teinté de roux[4]... », synthétise Maurice Bouvier-Ajam, l'un de ses derniers biographes. Petit. Un mètre soixante au mieux... La barbe rare sur les joues mais le menton prolongé d'un bouc dru et pointu. Les yeux noirs, enfoncés et perçants. Pas beau en somme, mais selon Barbey d'Aurevilly : « Un homme est toujours assez beau tant qu'il ne fait pas peur à son cheval. » (Les chevaux des Huns n'avaient peur de rien.) Le visage en vérité aurait été maigre mais non dénué d'harmonie et surtout rayonnant d'intelligence...

« Ira loin si les circonstances le favorisent. » Le jugement impeccable d'un professeur de Bonaparte à l'école militaire de Brienne sur le Corse alors tout maigre — surnommé « La paille au nez » par ses condisciples du continent, de meilleure noblesse que lui et par là mieux rodés aux raffinements de l'Ancien Régime, pour la façon ridicule dont il prononçait son prénom — s'applique aussi exactement au jeune Attila.

On ne sait rien de ses premières années en dehors de ce qu'il apprit, par déduction. On conjecture que son enfance fut très différente de celle de son père, certainement né dans un chariot durant un déplacement de sa horde. Le père naquit dans un chariot, le fils dans un palais... Fût-il de bois et démontable, le saut reste remarquable

Comme tous les Huns il apprit à monter à cheval, jusqu'à ne plus faire qu'un avec sa monture, le tir à l'arc, le maniement du lasso et du poignard, la chasse, la pêche peut-être. Mais en plus il apprit à lire, à écrire et à compter, il apprit le latin et le grec et lut certainement tous les livres qui arrivaient jusqu'à lui, sous forme de rouleaux. On sait qu'il était curieux, très avide de savoir.

Mundzuk son père serait mort en 401. Il avait six ans. Son oncle Roas prit soin de lui. De sa mère, pas un mot. On ne sait même pas son nom ni jusqu'à quand elle vécut.

On sait Roas très attaché à de bonnes relations avec Rome. Il propose au bras droit de l'empereur Honorius, le général Stilicon (qui pour avoir été vandale de naissance n'en fut pas moins surnommé « Le dernier Romain »), d'accueillir à sa cour un observateur. Ce dernier jugerait sur pièces de ce qu'il représente, de sa volonté de collaboration et de son utilité. La démarche n'est pas rare pour l'époque, elle n'en traduit pas moins combien les Huns d'outre-Danube étaient assagis à ce moment-là ou feignaient de l'être au point que dans l'empire certains observateurs les croyaient fixés.

Stilicon accepte l'invitation. Il désigne un jeune homme d'une quinzaine d'années, nommé Aétius.

Aétius

Aétius est né vers 390, presque certainement en Pannonie Première — dans l'actuelle Hongrie —, qui faisait partie de l'empire d'Occident. Cette Pannonie était si proche de la *Puszta* où, quinze ans plus tôt, les cavaliers de Balamir s'étaient arrêtés qu'elle en recouvrait une partie. On a dit « presque certainement en Pannonie... » car d'aucuns le voient naître en Mésie dans l'empire d'Orient ; d'autres à Rome dans une villa de sa mère. L'histoire des siècles obscurs est souvent conjecturale.

Qu'importe, c'est en Pannonie qu'il a passé sa jeunesse ; en Pannonie où son père né à Scarbantia (qui était située au sud de Vienne) commandait les milices impériales de la province, avant d'être fait comte d'Afrique, puis général en Gaule où il périt dans une mutinerie aux alentours de 403. Flavius Aétius connaissait donc les Huns depuis toujours. Il en parlait la langue. Il n'est pas inutile enfin de rappeler que sa mère était romaine de Rome, noble et richissime. L'ambassadeur permanent de Stilicon auprès de Roas n'est pas le premier jeune homme venu.

Sa naissance et sa fortune ne l'empêchent nullement de donner les plus grandes espérances. Il a déjà exercé la fonction d'otage d'honneur auprès du roi wisigoth Athanaric et s'est découvert chez lui une vocation diplomatique où il ne demande qu'à se perfectionner.

Cet oiseau rare arrive en 405 à la cour de Roas. Attila a dix ans. « L'enfant plaît au jeune homme et le jeune homme à l'enfant. » Une amitié historique commence. Le destin de Rome, celui de l'Europe et celui de tous les Huns du Danube à l'Oural y demeureront cinquante ans suspendus.

Aétius et Attila sont deux séducteurs qui ne renonceront jamais à se séduire, semblant toujours se ménager pour éviter l'irréparable lorsque leurs ambitions s'opposeront, quand bien même ces ménagements bousculent d'immenses enjeux.

Aétius connaissait peut-être déjà Roas lorsque Stilicon l'envoya auprès de lui. Quoi qu'il en fût, le Romain adolescent s'accorda à merveille avec le roi hun, jusqu'à devenir l'un de ses conseillers les plus écoutés. Ses initiatives l'élèveront très au-dessus de son statut d'otage. Ainsi, en 408, lui qui représente Rome, il pousse Roas, plutôt déçu de son alliance avec Honorius, à rechercher celle de Constantinople, sans pour autant rompre avec Rome : à double empire, double alliance.

Arcadius, frère d'Honorius, vient de mourir. La rive nord du Danube inquiète beaucoup son fils Théodose qui lui a succédé. Que se trame-t-il là-bas ? Il redoute de grandes catastrophes et cherche des alliés pour s'en prémunir. Aétius conseille à Roas de se rapprocher de lui.

Roas suit le conseil. Théodose n'attendait que ça. Sur-le-champ, il nomme le Hun général romain, à la solde annuelle de trois cent cinquante livres d'or, et fait préparer un traité : la frontière reste le Danube, les Huns s'engagent à ne le franchir qu'à sa demande. Roas signe des deux mains.

Aétius reconnut-il dans l'Attila de dix ans le génie qui en attendrait trente pour se manifester ? Car Attila n'eut rien de précoce. Ni Alexandre, ni Bonaparte, c'est à près de quarante ans qu'il se révéla quand la plupart des hommes de son temps se jugeaient, sinon finis, trop âgés pour de grandes entreprises.

L'effet d'un charme est plus plausible : le charmeur Aétius discerna certainement dans l'enfant sauvage qui à dix ans ne savait rien — ne pouvant rien savoir de plus faute de professeurs — que monter à cheval, tirer à l'arc, bredouiller quelques mots de latin, non pas seulement un charme accordé au sien, mais aussi des promesses.

Promesses dont il ne tenait qu'à lui, Aétius, Romain formé devant un Barbare enfant, que certaines d'entre elles au moins fussent tenues. L'enfant Attila voulait tout savoir. Il lui apprit ce qu'il savait et, au-delà, lui affecta un précepteur qui acheva de lui apprendre le latin qui était l'anglais de l'époque et lui enseigna le grec qui en était à peu près le français. Jusque-là jamais Hun n'avait maîtrisé les langues de l'élite. Attila apparut comme un phénomène à ses interlocuteurs du vieil empire pour qui les gens de l'extérieur, si redoutables qu'ils fussent, étaient d'abord des brutes.

La complicité entre le futur empereur des Huns et le Romain qui songera un jour à l'empire, sinon pour lui, pour son fils, avec des conséquences tragiques, aura trois ans pour se resserrer et s'approfondir. Mais, tandis que les deux garçons parcourent ensemble la steppe hongroise, qu'ils s'accordent tous les deux à trouver minuscule et ne méritant que d'être dépassée, se confiant peut-être des espérances qu'ils ne pourraient révéler à personne d'autre, le monde bouge au-delà de l'horizon trop étroit.

Troubles

Le monde bouge. Le Wisigoth Radagaise fond sur l'Italie avec des bandes si nombreuses que Stilicon fait appel à Uldin — le roi hun de la cavalerie, rival de Roas, qui attendait depuis longtemps cette requête. Les Wisigoths sont écrasés près de Florence par ses escadrons ; Radagaise, capturé, est décapité.

En 406, les Alains du Don et de la Volga, ne voulant plus servir les Huns qui les exploitent sans mesure, s'avancent en masse vers les Alpes et le pourtour du lac Léman où ils retrouvent leurs congénères, fuyards devant les Huns déjà au siècle précédent. Certains de ces Alains s'ennuient en Suisse, ils repartent, pénètrent en Gaule en même temps que des contingents vandales. Ces derniers s'installeront dans le Calvados où les surprendront les Vikings ; les Alains choisiront la vallée du Rhône.

Les Burgondes tourmentés par le Hun Oktar, oncle d'Attila, dans la vallée du Main, bombardent Honorius de suppliques pour passer en Helvétie. Honorius, impérial, leur accorde la permission.

Oktar en profite pour tomber au bord du Main sur les retardataires. Il est vaincu — même les Huns ne sont pas invincibles. Il est si dépité qu'il ne se possède plus : un tout petit succès au lendemain de sa défaite (trente Wisigoths exterminés dans les saulaies transparentes d'une rivière secondaire contre la perte de trois des siens) le pousse le soir même à tant boire pour fêter ça qu'il s'écroule mort, le nez dans son hanap, fait d'un crâne de Wisigoth.

La légende rapporte que ce crâne en rit aux éclats, projetant ses dernières dents comme autant de shrapnells sur les lieutenants d'Oktar qui ne valaient guère mieux que lui et ne s'en trouvèrent pas confortés.

C'est à ce moment, en 408, qu'Aétius retourne à Rome. Il y revient pour la meilleure des causes, du point de vue de l'humanité : s'y marier, faire des enfants, perpétuer enfin une espèce que son élève menacera en Occident comme personne avant lui.

Attila, qui a treize ans, ressent durement le départ de celui qui s'était institué trois ans plus tôt son grand frère.

Aétius laisse Attila, mais ils se sont promis de s'écrire et de se revoir ; la solitude convient au second presque autant que la compagnie du premier. Il s'enfonce dans les méditations qui vont l'amener un jour aux portes de Rome, de Constantinople et de Paris, avec des forces si imposantes que ces trois capitales de l'Europe — les deux premières déclinantes et la troisième encore virtuelle — lui auraient ouvert leurs portes, certes en se bouchant le nez, s'il l'avait simplement souhaité. Or il les épargna toutes les trois et aujourd'hui encore on ne comprend pas pourquoi. D'autant moins que, dans les trois cas, lui qui ne croyait à rien céda aux ministres d'une religion qui allait être son pire ennemi, fédérant contre lui tous ses adversaires.

Un pape, une bergère canonisée, un empereur bigot, tous trois aussi différents qu'humains peuvent l'être mais tous trois serviteurs d'une religion alors hégémonique dans l'espace considéré. Cela suffit à justifier le surnom de Fléau de Dieu qu'Attila, si païen qu'il fût, s'enorgueillit de mériter, le prenant dans le sens le plus chrétien du terme : celui par qui le châtiment divin doit arriver. Mille ans plus tard à Florence, Savonarole décernera au roi de France Charles VIII le titre de Glaive de Dieu comme une dignité divine.

Nombres

Arrivé en ce début du Vᵉ siècle qui restera marqué par l'épopée des Huns, un vertige saisit tous ceux qui approchent la question des grandes invasions, déclenchées par les Huns et achevées avec eux. Un défilé grouillant de peuples disparates semble avoir traversé sans trêve ni repos pendant près de trois siècles l'Europe d'est en ouest, alertant d'abord, puis inquiétant, enfin stupéfiant l'empire romain jusqu'à sa dissolution dans la masse des immigrants d'Orient.

Se pose alors la question du nombre des envahisseurs. Combien d'Alains, combien d'Hérules, combien de Goths et de Vandales ? Les chroniqueurs laissent l'impression que des masses innombrables ont submergé l'Europe et qu'il s'en présenta sans cesse de nouvelles en succession accélérée. Comme si quelque dieu hostile à l'empire semait dans les déserts d'Asie des millions de dents de dragon qui levaient sous forme de guerriers acharnés à la destruction de Rome.

Pour se limiter aux Huns, premiers responsables de ce séisme interminable, les estimations démographiques les plus généreuses laissent perplexe. On se demande comment un si petit nombre en bouscula de si grands, si grands s'il faut en croire les chroniques du temps. Que la panique ait joué un rôle, la chose est peu contestable, mais elle n'explique pas tout.

On estime à trente millions d'habitants la population de l'Europe à cette époque mais on dispute encore du nombre des Huns. Les hypothèses varient de cinq millions à deux cent cinquante mille, entre l'Oural et le Danube, mais la première serait ridiculement haute et la seconde ridiculement basse. L'estimation la plus raisonnable serait d'un million et demi, laquelle donnerait un maximum de cinq cent mille archers à cheval, tous les hommes étant guerriers.

Énorme chiffre. La Grande Armée qui entra en Russie en 1812 était de cette force, mais les populations de l'Europe étaient alors quatre fois plus nombreuses qu'au Ve siècle. Puis ces archers ne se rassemblèrent jamais. Les Huns étaient éparpillés sur un territoire immense : il fallait bien le garder sauf à le perdre. Si lâche qu'ait pu être le maillage militaire de ces étendues, si mobiles qu'aient été les cavaliers affectés à sa garde, cette garde absorbait une grande partie des effectifs disponibles. Combien en restait-il pour passer le Danube ?

L'un des chiffres les moins suspects dont dispose aujourd'hui le comptable est celui du renfort fourni par Roas à Aétius en faveur de Jean l'Usurpateur à la mort d'Honorius, en 423. Le chiffre de cinquante mille Huns n'est que très peu contesté.

Il représente une grosse armée et laisse à penser que la frontière du Danube, point extrême de l'avance des Huns en ce début du Ve siècle, était le lieu d'une concentration exceptionnelle de leurs forces, concentration qui témoignait de leur volonté d'aller plus loin. L'empire, si bas qu'il fût tombé, demeurait bien plus coriace que les Alains, les Goths, les Vandales et autres, balayés depuis l'Asie centrale sur des milliers de kilomètres.

Otage

Aétius parti, Attila continue de grandir en force et en sagesse. Il est bientôt le meilleur lieutenant de son oncle Roas, le délégué aux missions de confiance, loin au-dessus de son frère Bléda qui est pourtant l'aîné, mais qui s'est révélé de bonne heure un jouisseur inoffensif. Ses médiocres facultés étaient tout entières absorbées par la chasse, les femmes et la boisson, sans qu'il songeât un instant — en cela heureux caractère et d'une espèce rare — à prendre ombrage de l'énergie, de l'intelligence et de l'ambition de son cadet.

On ne sait si l'idée lui vint de lui-même, si elle fut de Roas ou même d'Aétius, mais Attila en 408 fut envoyé à Rome pour y remplir le même office qu'Aétius avait tenu à la cour de Roas : « otage d'honneur » ou trait d'union entre deux puissances qui se déclaraient amies.

On ne sait d'où vint l'idée, mais ce fut bien Roas qui proposa son neveu. Fallait-il qu'il eût confiance dans ce garçon de treize ans pour l'envoyer à la cour pourrie de l'empereur d'Occident. Fallait-il aussi qu'il jugeât importante l'amitié de

Rome, pour tenter cette énième démarche auprès d'un homme qui l'avait plusieurs fois dédaigné. Fallait-il enfin qu'un autre dédain, celui de Théodose, l'eût piqué au vif car Théodose, malgré le titre de général et les trois cent cinquante livres d'or y afférentes, persistait non seulement à lui refuser l'exclusivité de son amitié, mais encore à lui préférer, entre tous les Huns, Uldin et sa cavalerie.

Théodose payait Roas et ne lui demandait jamais rien ; il payait aussi Uldin et lui demandait beaucoup. Mater par exemple le Goth Gaïnas qui, lui aussi son salarié, venait contre lui de se proclamer empereur entre le Danube et le Rhin... (Uldin était parti en trombe, avait mis les Goths en déroute et capturé Gaïnas pour le décapiter lui-même et envoyer sa tête à Constantinople.)

Désespérant de l'emporter sur pareil concurrent et songeant peut-être aussi que si l'empire avait deux têtes il était toujours censé n'avoir qu'un seul corps, la pensée vint à Roas que se rapprocher de Rome était encore se rapprocher de Constantinople. Alors, « espoir suprême et suprême pensée », Roas propose son neveu, cet Attila si jeune encore mais curieux de tout que chacun s'accorde à trouver charmant malgré son énorme tête, ses jambes torses et ses yeux brasillants au fond de ses orbites caverneuses.

Honorius consulte Aétius. Aétius conseille d'accepter. Honorius s'exécute en termes flatteurs dont voici la substance : une rumeur avantageuse a précédé le jeune homme jusqu'à l'empereur, qu'il se dépêche, on n'attend que lui. Attila arrive à Rome. Il a treize ans, Aétius dix-neuf. La séparation n'aura pas été longue. L'amitié n'aura pas souffert. L'intervention d'Aétius l'aura même renforcée.

On dit qu'il arriva à Rome, peut-être fut-ce à Ravenne. Les empereurs occidentaux de ce temps-là se partageaient entre les deux. Ravenne était moins imposante que la ville fabuleuse où était né l'empire à présent divisé, où les souvenirs pesaient si lourd qu'il fallait sous la pourpre pour les soutenir l'étoffe au moins d'un Dioclétien sinon d'un Trajan. Puis Ravenne était protégée par de grands marais inaccessibles aux Barbares autant qu'au reste des hommes. La défense en était facile et les empereurs de ce temps-là ne songeaient plus qu'à se défendre.

Rome, plus célèbre, était plus exposée. De l'Oural au Rhin, et c'est peut-être sous-estimer les capitaines asiatiques qui erraient de l'Oural au Kamtchatka, il n'était pas de chef de bande digne de ce nom qui ne rêvât de mener sa troupe au Capitole, sans souci de roche Tarpéienne. Car, si illettrés qu'ils fussent presque tous, ils connaissaient l'essentiel de l'Occident ; comme l'Occident de l'Extrême-Orient. Les convoitises de l'Est et de l'Ouest se croisaient. L'Est, avec Attila, s'avancera le premier pour les satisfaire. Quinze cents ans plus tard, le sac du palais d'Été, par une armée européenne, sera le retour du pendule.

Des généraux chinois eux-mêmes, de ces Chinois prétendument si casaniers, auraient laissé dans des grimoires — la plupart ont disparu, anéantis par les Gardes rouges de la soi-disant révolution culturelle — les expressions déchirantes d'aspirations lancinantes à chevaucher jusqu'au Tibre pour coucher vainqueurs dans la Maison dorée de Néron.

Attila, très jeune encore, mais non moins valeureux, va désormais se partager entre Ravenne et Rome. Il n'a pas laissé non plus d'impressions écrites mais ses actes un jour auront plus d'éloquence que tous les manuscrits du monde.

Il ira de Ravenne à Rome et de Rome à Ravenne, très bien reçu de part et d'autre jusqu'à la fin de son séjour, en un mot traité en prince à la cour la plus décadente et donc raffinée du monde. Bouillon de complots et de trahisons, pimenté d'assassinats, dont le principal fut celui de Stilicon, le mentor d'Honorius choisi par son père.

Stilicon avait trois fois sauvé l'Italie des Wisigoths : en 402 à Pollenza, en 403 à Vérone, la troisième fois en 408, achetant le départ d'Alaric qui avait pris et pillé Rome et menaçait de s'incruster. Il l'avait sauvée une quatrième fois en 406, des Goths cette fois, mais cette besogne l'avait empêché de s'attaquer à des Vandales qui en même temps déferlaient en Gaule — on ne peut pas être partout. C'était pourtant ce qu'Honorius lui avait sourdement reproché : Stilicon n'avait rien fait puisqu'il restait encore à faire.

En vérité, le pâle empereur n'avait plus supporté l'autorité ni la gloire de celui que Théodose le Grand avait expressément placé auprès de lui pour le garder de lui-même et garder l'empire en même temps. (Enfermé tremblant dans Ravenne avec ses courtisans décomposés, Honorius avait regardé passer les Barbares en marche vers Rome, priant pour qu'ils ne s'arrêtent pas.)

Tel était le climat lorsque Attila arriva à sa cour en hôte privilégié, les yeux grands ouverts et vif comme la poudre.

Il n'avait rien à craindre. Ses origines le protégeaient encore mieux que sa jeunesse. Les Huns étaient indispensables à la survie de l'empire. Ils en étaient *de facto* les premiers alliés et toute la politique d'un Honorius et d'un Théodose se bornait à tenter de les diviser en choisissant les uns plutôt que les autres quand tels Wisigoths ou Vandales se faisaient trop pressants, pour rendre jaloux ceux à qui ils ne jetaient pas le mouchoir de la grâce faite à ceux qu'ils priaient de les sauver.

On ne croit pas qu'Attila fut heureux à Ravenne. Pourquoi ? Les opinions divergent là-dessus : pour les uns il respira mal à la cour, concentré de corruption et de lâcheté, pour les autres il y nagea comme un poisson dans l'eau, sans toutefois y trouver le bonheur. L'une et l'autre opinions sont des compliments et le dégoût n'empêche pas de nager. Quoi qu'il en fût, il se forma.

Les relations avec Aétius reprirent de plus belle, tandis que la position de ce dernier ne cessait de se renforcer, notamment par un mariage brillant avec la fille du patricien Carpilio, l'une des plus grosses fortunes de Rome et des mieux apparentées.

L'apprentissage dura quatre ans pendant lesquels, littéralement, il apprit l'empire, ses méthodes et ses réflexes dans cette période où la survie de l'institution était sans cesse en jeu. À la merci d'une révolte de telle ou telle légion d'Espagne, de Syrie ou de Germanie, de la soudaine irruption d'un peuple inconnu surgi de l'inépuisable Asie, d'un guet-apens à Ravenne ou à Rome qui redistribuerait les cartes du jour au lendemain.

La suite prouvera qu'il pesa avec une rare précision les forces et surtout les faiblesses d'une organisation encore imposante, faiblesses qu'elle devait d'abord à elle-même.

Apprentissages

Sa liberté de mouvement était entière. Il se rendit plusieurs fois outre-Danube pour rendre compte à Roas de ses observations et porter des messages d'amitié et des cadeaux d'Honorius à Roas et de celui-ci à celui-là.

Trois ou quatre ans passent, Attila a seize ou dix-sept ans. En 411 ou 412, d'alarmantes nouvelles arrivent du Caucase. Les Huns sont aux prises avec tout un ramassis d'adversaires — Alains, Colchides, Métides, Roxolans... — qui leur donnent d'autant plus de fil à retordre qu'ils se battent eux-mêmes entre eux.

Il faut faire quelque chose. Ébarse, le cadet de Roas, chargé au sein de la fratrie des « affaires intérieures », part en campagne avec ses escadrons pour rétablir l'ordre entre la Volga et l'Oural. L'entreprise sera de longue haleine, personne ne se fait d'illusion.

Des quatre fils de Turda, Oktar est mort, Mundzuk est mort, Ébarse est loin pour longtemps. Voilà Roas seul « chef souverain » chez les Huns du Danube. La tâche est lourde, il bat le rappel des fidèles compétents. L'un des premiers qu'il veut près de lui est son neveu Attila. Il le rappelle d'Italie.

La première mission qu'il lui confie est rien moins qu'ordinaire pour un garçon de dix-sept ans, jeune marié de surcroît, qui vient d'épouser la fille d'un petit chef, une certaine Enga dont on ne sait rien. Longtemps on ne saura rien des femmes barbares et peu de chose des autres, hormis les grandes vedettes — Agrippine, Messaline, Cléopâtre et autres Frédégonde. Enga lui donnera un fils appelé Ellak qui fut le préféré de ses très nombreux enfants, officiels et officieux, qu'il traita tous fort bien.

C'est une mission d'évaluation diplomatique et militaire en Europe centrale. Roas pressent que ses voisins sont démarchés en sous-main par Constantinople et voudrait savoir à quoi s'en tenir. Malgré l'alliance déclarée et le règlement régulier de la solde convenue, Théodose persiste à l'ignorer. Quand telle ou telle bande d'Ostrogoths ou de Wisigoths s'invite dans l'empire, ce n'est jamais à Roas qu'il est demandé de la détruire. Alors Roas s'irrite d'être payé pour rien. L'allié sans doute le plus sincère, à ce moment du moins, est tenu à l'écart et se demande pourquoi.

Théodose le tient peut-être pour plus dangereux que les autres, celui qu'il serait le plus risqué de laisser entrer dans l'empire. L'opinion serait assez flatteuse, assez claire aussi : si Théodose se méfie de lui, il n'est pas homme à ne pas prendre de précautions.

Attila part et revient. Il confirme les pressentiments de son oncle : Théodose joue double jeu ; double ou triple ou quadruple jeu. Allié officiel des Huns du Danube, il cajole en même temps les peuplades germaniques qui les entourent sinon les encerclent au nord et à l'est. Il les paye elles aussi. Attila n'a pas vu l'or mais on lui en a parlé — ce garçon de dix-sept ans sait susciter les confidences aussi sûrement que l'Ulysse d'Homère. On lui a confié aussi que les envoyés de Constantinople les mettaient souvent en garde contre eux.

« Eux ?

— Vous ! Vous, les Huns. Qui d'autre voudriez-vous ? »

Roas renforce ses douanes volantes. Bientôt des porteurs d'or seront pris dans les confins germaniques avec leurs cargaisons.

« Où allez-vous avec tout ça ?

— Nulle part, on se promène.

— Eh bien, venez vous promener chez nous. »

Les misérables ne tardent pas à passer à table. « Oui, oui, c'est Théodose qui nous envoie... » Les moins fermes assurant : « Nous ne pouvions pas refuser, seigneur... »

Les derniers doutes sont dissipés : Théodose II se réserve de lâcher à sa guise les Germains dans le dos de ses meilleurs alliés...

Roas se contient. Il n'est pas assez fort pour courir sus tout de suite à Constantinople, mais il n'en est pas moins ulcéré. Il est plausible qu'il ait confié sa vengeance à son neveu qui en aurait reçu le dépôt avec empressement.

Attila est irremplaçable. De neveu préféré — il semble que Roas n'ait pas eu de fils ou alors ils étaient morts en bas âge, assommés par quelque ruade, étouffés par un ours ou noyés dans l'un des fleuves indomptés du ve siècle européen — il devient fils adoptif, héritier naturel, flambeau futur des archers à cheval arrivés du milieu du monde pour soumettre une Europe en loques ou sinon s'y imposer.

Après l'exécution des porteurs d'or, Roas décide d'informer Aétius des menées de l'empereur d'Orient.

Aétius est le seul à pouvoir, peut-être, infléchir la politique de Théodose, lequel, même s'il n'infléchit rien, ne perd rien pour attendre. Il ne s'agit que de gagner du temps.

Aétius informe Théodose. Théodose ne réagit pas et ne change rien à ses malices. Elles lui coûteront beaucoup plus cher qu'il n'aurait pu l'imaginer.

Après cette enquête qui va l'imposer auprès de Roas et lui assurer dans l'avenir le titre de « chef souverain », on ne sait à peu près rien de la vie d'Attila jusqu'en 421, soit de sa dix-septième à sa vingt-sixième année.

On ne sait rien de précis, on sait toutefois qu'il s'imposa de mieux en mieux en héritier de son oncle et que, travaillant fidèlement pour lui, il ne pouvait pas ignorer qu'il travaillait pour lui-même.

Chose remarquable, surtout en ce temps-là où la vie était bien plus courte, il n'est pas pressé. Il attend sagement le pouvoir. Il n'est pas de ces tueurs domestiques, ambitieux d'antichambre, comme il en pullule outre-Danube dans les capitales des deux empires qui se disputent le soutien des Huns, lesquels jouent leur fortune sur l'assassinat de ceux dont ils convoitent les places, mesurant, selon le mot de Richelieu, « leur mérite à leur audace ».

On a longtemps accusé Attila d'avoir tué son frère Bléda, l'ivrogne allergique aux fatigues du pouvoir. Accusation réflexe : on ne prête qu'aux riches — Attila est à jamais un archétype de massacreur dans l'imaginaire occidental — et Bléda était l'aîné. Dans les systèmes monarchiques, le meurtre de l'aîné en place fut toujours l'obsession des cadets ambitieux — les rois de France se méfièrent toujours des ducs d'Orléans.

On sait aujourd'hui que les deux frères ne se haïssaient pas du tout, qu'ils s'aimaient peut-être et que Bléda mourut d'un accident de cheval.

Attila n'a pas tué son frère et fut le plus loyal des neveux, le meilleur agent de Roas pour fortifier un pouvoir dont il savait qu'il serait le sien. Il fut son représentant permanent auprès de la multitude des chefs « subalternes » dont le chef « souverain » qu'était Roas devait s'assurer la fidélité si « souverain » avait un sens.

Diplomate itinérant investi des pleins pouvoirs, il fut toujours en route d'un campement à l'autre, visitant tout le monde, resserrant des liens, en établissant de nouveaux, bâtissant patiemment une espèce de fédération qui devait faire de Roas un empereur avant la lettre. Il prononcera le mot lui-même pour s'en décerner le titre lorsqu'il arrivera au pouvoir. En 435, à la veille de ses quarante ans.

Il multiplie les allers-retours entre le Danube et le Caucase. Là-bas son autre oncle, Ébarse, est parvenu à s'instituer arbitre de tous les Huns du Don et de la Volga, apaisant leurs querelles et contenant leurs ennemis. Attila fait la liaison entre les deux frères et leur permet d'agir de concert.

Les déplacements permanents d'Attila parmi l'ensemble des Huns et ses pourparlers perpétuels avec les chefs de clans lui donnent en quelques années une connaissance unique de cette nébuleuse et lui-même, peu à peu, est de tous les Huns celui qui en a fréquenté le plus grand nombre et qui est connu du plus grand nombre d'entre eux. Mais ce n'est pas le tout d'être connu, il faut l'être en bien. Or le jeune homme s'est construit la meilleure réputation du monde. Comment le sait-on, peut-on demander, si l'on ne sait rien de ces années ?

On le sait par la suite, lorsqu'il fut accepté par tous comme personne avant lui.

L'assentiment qu'il recueillit à la mort de Roas n'aurait pas été aussi général, s'il n'avait déjà rallié la quasi-totalité de la diaspora hunnique, et cela bien avant de se révéler chef de guerre.

Nuances

Peut-être n'est-il pas trop tard ici pour nuancer la réputation des Huns. Les témoignages dont nous disposons relèvent tous du genre apocalyptique : avec l'apparition des Huns une nouvelle ère commence, sous le signe de l'épouvante. Les Huns sont perçus comme une horrible nouveauté.

Depuis deux cents ans, l'Europe s'était accoutumée aux Barbares et ne pensait plus pouvoir être surprise après en avoir tant vu. Les Huns arrivent et le mot « barbare » est soudain dépassé. Une barbarie d'une autre nature que la plus effroyable de toutes celles qui se sont succédé à l'assaut de l'empire romain depuis son renoncement à s'étendre au-delà du Rhin, du Danube, de l'Euphrate et du Sahara, s'avance.

Barbares d'un autre type dont l'apparence est à peine humaine. Ils ont les chevaux les plus rapides, les flèches les plus lointaines et les plus mortelles, et le mépris de la mort — la leur autant que celle des autres — leur est chevillé au corps. Mépris de la mort, mépris de la vie.

Mais les chroniqueurs des temps passés n'étaient

pas différents des journalistes d'aujourd'hui : comme eux ils préféraient le sensationnel au banal. Il faut frapper pour être lu. Puis, pour une fois, la seule peut-être, l'Histoire est ici racontée par les vaincus car les Barbares, les Huns en tête, furent vainqueurs.

Alors il faut nuancer : les Huns étaient épouvantables mais non pas en permanence. Il y a des limites au pillage et au massacre. Quand il n'y a plus personne à tuer ni plus rien à piller, il faut bien vivre comme tout le monde, soigner ses troupeaux, semer peut-être un peu de blé, à défaut d'aller plus loin vers des contrées intactes. Quand Attila prend le pouvoir, les Huns du Danube — ceux dont les mouvements sont le mieux connus — se tenaient tranquilles depuis cinquante ans, aspirant obstinément au statut d'amis de l'empire, ne demandant depuis longtemps qu'à veiller à son salut.

Empire, à nous deux !

421. Attila a vingt-six ans. Sa « longue jeunesse[5] » est terminée. Roas va vivre encore treize ans. Attila en sera de plus en plus proche, son influence ne cessera de croître et son domaine d'action de s'étendre. Jusque-là, il s'est mesuré aux siens, il va maintenant se mesurer aux puissances extérieures, Rome et Constantinople.

Honorius est empereur de Rome depuis vingt-sept ans. Son neveu Théodose II règne sur le Bosphore. Ce sont deux incapables, également abouliques, mais le premier est un pervers, facilement sanguinaire, tandis que le second n'est que faiblesse et se croit subtil parce qu'il est également féru de droit et de théologie. Son écriture est sa grande fierté, elle lui vaudra le surnom de Calligraphe dont il se fit une gloire enfantine.

C'est à ces deux personnages qu'Attila va se mesurer. L'un et l'autre se cachent derrière leurs fondés de pouvoir — pour le premier militaires ou fonctionnaires insinuants, grands eunuques pour le second (lesquels sont tous assassinés par leur successeur selon un rythme bisannuel —

mille ans plus tard les Ottomans s'inspireront du modèle).

L'un et l'autre pratiquent aussi une espèce d'autisme impérial, ne donnant jamais de réponse aux questions qu'on leur pose, laissant ainsi s'accumuler les problèmes irrésolus. « Seul le silence est grand », estiment-ils peut-être avant Vigny...

Le programme d'Attila est établi : ménager Rome où est Aétius, terroriser Constantinople.

Avant de s'y consacrer, il se marie officiellement pour la deuxième fois, avec une princesse de sa race nommée Kerka, fille de grand chef. Kerka sera jusqu'à la fin l'épouse principale, la seule à recevoir le moment venu le titre d'impératrice. Le couple aura deux fils, décrétés « souverains », et plusieurs filles.

L'occasion d'intervenir directement dans les affaires de l'empire se présente vite : Honorius meurt en 423.

La succession est difficile. Des troubles éclatent partout. Un certain Johannes, haut dignitaire à Ravenne et grand ami d'Aétius devenu comte du palais, se fait proclamer empereur sous le nom de Jean, aussitôt surnommé Jean l'Usurpateur, contre l'héritier naturel d'Honorius, son neveu Valentinien. Valentinien est le fils de sa sœur Galla Placidia et d'un général valeureux, Flavius Constantin, à qui il l'avait mariée, après l'avoir associé à son pouvoir sous le nom de Constance III.

Aétius applaudit l'Usurpateur. L'amitié n'est pas seule en cause, Galla Placidia est son implacable ennemie. La haine shakespearienne des femmes dédaignées l'anime tout entière contre le Pannonien : elle en était raide amoureuse et il ne l'avait pas regardée. Valentinien n'ayant que six ans, le risque était trop grand que la mère de l'imperator accaparât le pouvoir et l'utilisât à se venger.

Galla Placidia en appelle à Théodose II qui ne peut rien et à la loyauté des généraux de son frère défunt pour défendre les droits de son fils. Les généraux ne la déçoivent pas et l'Usurpateur s'inquiète : il n'a pas d'armée. Aétius le rassure, lui déclare s'occuper de tout et va voir Roas.

Attila est là. Roas le consulte. Rien n'est trop beau pour l'ami d'enfance qui fut toujours celui des Huns. Cinquante mille cavaliers, chiffre énorme, prennent la route de l'Italie sous le commandement d'Aétius, insigne marque de confiance de la part des Huns, pour conforter l'Usurpateur.

Ils arriveront trois jours trop tard. Les loyalistes ont été plus rapides. L'Usurpateur, vaincu, vient d'être décapité. Valentinien III a été proclamé. Mais Galla Placidia n'est pas encore tranquille : Huns et Romains sont face à face. Ils ne se sont jamais affrontés en bataille rangée. Les Romains n'en mènent pas large. Tout peut changer.

La bataille n'aura pas lieu. Aétius et Galla Placidia font la paix — ils se seraient même embrassés devant leurs troupes. Largement dédommagés de leur dérangement et de leur frustration, les Huns repartent outre-Danube. Aétius revient à Ravenne comme si rien ne s'était passé, mais Galla Placidia se donne de l'air en le nommant maître des Gaules.

Ménager Rome… tant qu'Aétius y serait important. L'hypothèse a été soutenue. Elle n'est pas invraisemblable. Il a existé plus qu'une alliance, une espèce de symbiose, entre Attila et Aétius. La disposition instantanée de cinquante mille hommes est la preuve d'une connivence fondamentale. Ils avaient des desseins communs qui dépassaient la notion commune d'amitié. Des ambitions de même ordre et de même ampleur. Tous deux voulaient le pouvoir suprême, le pouvoir impérial, et l'ont voulu en harmonie, chose extraordinaire, chacun chez soi et l'un pour l'autre.

Constitution de l'empire

Après cette démonstration de puissance, Attila se consacre de plus belle à l'organisation de l'empire dont il sera le fondateur et le seul titulaire.

Il reprend ses navettes entre Danube et Caucase, s'attachant d'abord à renforcer les communications entre l'Europe et l'Asie, à l'image de ce qu'il a observé chez les Romains dont la force se fonde sur les routes et les relais autant que sur les légions. Il s'efforce aussi de stimuler les échanges. D'Astrakhan à Budapest s'échelonnent bientôt des marchés permanents, protégés par des garnisons. Au-delà, le commerce suit des étapes qui vers l'est mènent à Bakou et vers l'ouest à Vienne. Les territoires qui vont composer le futur empire hun retrouvent leur ancienne fonction de cordon ombilical entre l'Europe et l'Asie centrale, rompu depuis le début des grandes invasions.

Quels échanges, entre nomades intrinsèquement pillards ? Il y a désormais des Huns qui ne sont plus nomades ni pillards, mais sédentaires et paysans, voire artisans et commerçants. La division entre les uns et les autres est géographique : les sédentaires sont les Caucasiens, les nomades les Danubiens. Ces derniers, fidèles aux traditions mongoles, ne produisent rien qui puisse encombrer l'homme à cheval non plus qu'alourdir le chariot où prospère sa famille. La seule industrie qu'on leur connaisse — industrie guerrière — est la métallurgie, dont certains ateliers auraient fonctionné aux environs de Linz en Autriche. Ces Huns-là envoient vers l'orient des armes et de l'or. Les Huns du Don et de la Volga expédient vers l'ouest des peaux, des fourrures, du riz, des poteries et des viandes fumées.

En 424 naît le second fils d'Attila et de Kerka, appelé Denghizikh.

Cette action civilisatrice lui demanda plusieurs années. L'immensité des distances et du travail à accomplir l'explique aisément, d'autant que l'ouvrage était souvent à refaire. La tâche n'était pas achevée à la mort d'Ébarse en 431.

Quand Ébarse meurt, aucun « chef souverain » ne lui succède : l'unique « roi des Huns » est maintenant Roas[6].

Attila se précipite au Caucase et s'impose en successeur du défunt, qui ne semble pas avoir eu d'enfant. S'impose ? Les témoignages manquent une fois de plus, mais le terme est sans doute trop fort. La transition, qu'on sache, se fit tout simplement : on ne sait pas s'il était le successeur désigné, mais il était le successeur naturel. Personne n'avait son autorité. Il confirme les officiers d'Ébarse, précisant les charges respectives — ce dernier ayant laissé la définition des attributions dans un flou clanique dépassé. Il visite les camps et les postes, renforce la défense commune, nomme des dignitaires intronisés seigneurs de l'ensemble hun et non plus du seul Caucase. Il consolide encore les communications avec le Danube, installe enfin des délégués de la cour de Roas pour coordonner l'action administrative, annonce l'arrivée d'un représentant personnel du roi qui lui rendra compte directement de son action. Désormais, les Caucasiens, prend-il grand soin d'insister, sont membres à part entière de ce qui sera bientôt l'empire hun, sans être en rien subordonnés aux Huns occidentaux, sous un même monarque.

On n'avait jamais vu d'empire aussi pacifiquement constitué et l'on n'en a plus vu depuis. Son organisation est un triomphe diplomatique auquel, dans toute l'Histoire, on cherche en vain un équivalent. Ou alors la cohésion des Huns — ce que les républicains de 89 auraient appelé fraternité — était vraiment exceptionnelle.

Que des hordes guerrières éparpillées sur des millions de kilomètres carrés se soient ainsi laissé rassembler en une fédération unique et efficace ne peut donner qu'une très haute idée et du rassembleur et des rassemblés. On est loin des tribus gauloises.

Mais ce succès presque incroyable est fragile et doit être protégé. Les Huns unis ont des voisins dont beaucoup sont turbulents et certains redoutables. Attila s'impose une tournée immense aux confins de ce qu'il ne craint pas d'appeler déjà « empire ».

Il se compose une ambassade, rassemblant tout ce qu'il peut pour impressionner ceux qu'il va visiter : les plus beaux chevaux, les plus belles armes — mais de parade —, les plus beaux vêtements, les cadeaux les plus précieux dont une cargaison considérable d'orfèvrerie ; les Scythes eux-mêmes en auraient été jaloux.

Il visite les farouches Roxolans, les irascibles Sarmates, les intraitables Akatzires qui terrorisent depuis longtemps les parages de la Caspienne et ne se lient avec personne.

Il va tous les épater. Même les Chinois n'auront jamais rien vu de pareil, quant aux Sarmates et autres peuples des steppes, ils n'essaieront même pas de dissimuler leur ébahissement devant ces lointains cousins, originaires comme eux des grandes plaines désertiques où l'austérité fait loi. Les Sarmates vagabondent de la Baltique à la Caspienne, librement certes, mais pauvrement.

La splendeur de ces Huns leur donne le vertige ; puis la splendeur est l'illustration de la force. Qui eût cru que ces sauvages absolus aient pu changer à ce point ? Que des errants comme eux soient devenus si riches ?

La bienveillance d'Attila, son évident désir de plaire, sa fastueuse générosité ravagent les certitudes. Les plus méfiants accueillent désarmés ses paroles de paix, ses propositions de bâtir ensemble une prospérité commune. De changer la vie.

Les plus coriaces, les Akatzires, eux-mêmes pillards professionnels, les seuls à ne pas craindre les Huns pour n'avoir jamais fui devant eux, cèdent à son charme. Leur chef Kouridak accepte émerveillé les plateaux d'or d'Attila et promet de ne jamais attaquer les siens. Un pacte scelle cette promesse.

En Chine

Attila poursuit vers l'est. Il a décidé d'aller jusqu'en Chine. De la Caspienne à la Grande Muraille la route est encore longue. Il salue d'abord les Scythes Massagètes, installés entre l'Amou-Daria et le Syr-Daria, affluents de la mer d'Aral, qui avaient reconnu la souveraineté d'Alexandre le Grand. Puis il aborde le pays des Houen-loun, avant d'atteindre enfin le pays de ses ancêtres les Hiong-nou. Ces derniers sont ébahis de l'entendre parler leur langue, comme un apôtre après la Pentecôte.

Les Hiong-nou devenus les Huns n'étaient pas tous partis vers l'ouest cent cinquante ans plus tôt. De même qu'il est resté des Irlandais en Irlande après la famine de la pomme de terre au XIXᵉ siècle et des protestants en France après la révocation de l'édit de Nantes, il était resté des Huns entre le Tibet et la Sibérie. Des Huns que leurs femmes sans doute avaient retenus par la manche avec les vieux arguments : « On sait ce qu'on perd, on ne sait pas ce qu'on gagne », « Un tiens vaut mieux que deux tu l'auras »...

Les retrouvailles sont triomphales et mêlées de mélancolie chez les Hiong-nou demeurés sur place devant la magnificence de ceux dont les aïeux étaient partis. Attila distribue des épées dont le tranchant et la dureté émerveillent les récipiendaires. On le supplie de rester. « Je reviendrai, promet-il, mais la Chine m'attend. »

C'est la Chine du ve siècle dont le Nord est dominé par une dynastie d'origine turque issue de la horde des T'o-pa. Son chef T'o-pa Kouei lui avait donné le nom chinois de Wei. Les Wei ne craignent pas les Huns, les ayant plusieurs fois battus. T'o-pa Kouei avait pris l'offensive contre les Jouan-jouan, horde mongole parente des Huns qui dominait tout l'espace entre la Corée et le fleuve Irtych dans le Kazakhstan, les rejetant, en 402, loin au nord de la grande boucle du fleuve Jaune.

En 424, T'o-pa Tao, son petit-fils, fils de T'o-pa Sseu, avait brisé une tentative de retour en force et, l'année suivante, lancé sur eux un contre-rezzou. Traversant le Gobi avec sa cavalerie, il avait attaqué la résidence du khaghan des Jouan-jouan, dans le même bassin de l'Orkhon d'où les Huns étaient partis vers l'Europe, cinquante ans auparavant. Après quoi il s'était retourné vers l'Ouest pour détruire un autre royaume hun fondé au Chen-si par le clan Hiong-nou des Ho-lien. En 431, les Ho-lien étaient anéantis et le Chen-si était annexé au royaume T'o-pa. L'année suivante Attila se présentait devant la Grande Muraille.

Il a passé outre aux objurgations des Hiong-nou pour qui aller voir les Chinois était de la folie et qui lui avaient représenté qu'il risquait fort de ne jamais revenir. Il a pris quelques précautions, envoyant en reconnaissance une poignée de ses officiers accompagnés d'un interprète. À charge pour eux d'informer les Chinois qu'un membre de la famille impériale des Huns — de ces Huns, doivent-ils dire, qui détiennent à l'Ouest l'empire le plus vaste du monde… — est venu jusqu'à eux leur proposer son amitié.

La délégation est reçue et minutieusement observée. Quand les Chinois sont convaincus qu'il s'agit bien d'une ambassade et non pas d'une reconnaissance militaire déguisée, ils accèdent à sa demande : Attila sera reçu selon son rang, mais ils demandent quelques jours. Le temps de lui préparer une réception digne de lui.

Le délai passé, il fait une entrée solennelle dans l'une des capitales du Nord qui fut probablement Touen-Houang. Il offre aux dignitaires chinois plusieurs de ses plus beaux chevaux, de la vaisselle d'or et des pièces d'or romaines provenant de la solde versée à Roas par Théodose II. Les Chinois lui donnent des bijoux, des poignards sculptés, des ivoires et des vêtements de soie.

Il plaît tant qu'on veut le retenir. On l'invite à pousser plus loin dans l'empire des Wei, dont on voudrait lui montrer la grandeur. Et les beautés. Il décline l'invitation : on l'attend à la cour des Huns. Il est parti depuis longtemps, son oncle le « chef souverain », qui malheureusement n'est plus très jeune, a besoin de lui. Avant de partir, il signe un traité d'amitié avec un gouverneur qui déclare engager tous les Fils du Ciel. Puis il regagne rapidement les bords du Danube, laissant derrière lui, du Caucase au Pacifique, la conviction qu'une nouvelle puissance s'est formée à l'Ouest, avec laquelle il va falloir compter.

Son représentant l'appelle « empire ». Le mot est peut-être un peu fort au sens chinois du terme — les Romains penseraient la même chose — vu la mobilité héréditaire des Huns et leur mépris des organisations pérennes et des installations permanentes. Mais les Chinois l'ont accepté sans ciller.

Ils ont surtout retenu que cet empire en formation est dirigé par un souverain très sage et pacifique fort attaché à entretenir les meilleures relations avec le reste du monde. Attitude digne de louanges, dont on peut espérer qu'elle sera durable, vu l'aménité du prince qui a fait tant de chemin en son nom, accompagné d'aussi beaux présents, qui est déjà son successeur, tout le monde l'a compris. Le voyage d'Attila en Extrême-Orient est un magnifique succès.

Le traité de Margus

À peine rentré, Attila doit s'occuper de l'empire d'Orient. Théodose le Calligraphe persiste à manœuvrer contre les Huns et spécialement contre Roas, son « général romain ». Roas a pris trop d'importance avec Attila. L'envoi des cinquante mille hommes au secours de Jean l'Usurpateur sous le commandement d'Aétius n'a pas donné à réfléchir qu'à l'empire d'Occident : les conseillers les plus lucides de l'empereur d'Orient se font un sang d'encre. Roas est trop fort à présent. Comment le réduire ? Est-il encore temps ? Tout a échoué jusqu'ici.

Durant son périple asiatique, Attila l'a constaté, Constantinople, loin de désarmer, a redoublé d'hostilité envers les Huns. Il ne s'agit plus de préférer à untel tel maître de cavalerie, Uldin à Roas, sous prétexte d'efficacité ; non plus d'amadouer — au cas où... — les tribus germaines du nord de la *Puszta*.

Les émissaires de Théodose sont allés beaucoup plus loin, dans l'espace et la forfaiture. Ils ont tenté de suborner les Akatzires. Ébarse lui-même a été approché pour le détacher de son frère et casser en deux l'empire naissant. Trop c'est trop.

Et Rome n'est pas en reste. Aétius, maître des Gaules, en est trop loin pour tempérer une politique aussi sournoise que celle de Théodose. Des contingents hunniques sont passés au service de Rome sans que Roas ait été informé. Des propositions d'alliance, officielles et clandestines, ont été adressées à diverses tribus de la fédération danubienne par-dessus sa tête. Les deux empereurs, sans rien lui dire, ont pris des Huns pour conseillers. Des passeurs clandestins romains ont été arrêtés chargés d'or sur son territoire. Trop c'est trop. Réagir. Contre qui, d'abord ?

Ménager Rome, encore ; Aétius n'est pas hors jeu. C'est Théodose qui va trinquer. Roas lui adresse une sommation qui n'a rien de diplomatique. Il exige du Calligraphe deux plénipotentiaires à qui lui, Roas, remettra la liste de ses griefs et celle des réparations qui seules permettront d'éviter la guerre.

Théodose, atterré, consulte Aétius qui lui conseille d'accepter.

La mort dans l'âme et la rage au cœur, Théodose désigne Plinthas et Épigène, deux hommes de confiance, autant que cette espèce existe à Constantinople, pour discuter avec les Huns.

Plinthas et Épigène prendront la tête de l'ambassade qui se rendra à Margus, ville romaine, à l'embouchure de la Morava. Roas y viendra luimême avec ses conseillers.

La mauvaise saison commence. Les vents de secteur nord — nord-nord-est exactement — s'établissent pour plusieurs mois. Le froid s'installe. Les ours bedonnants cherchent des cavernes où hiverner tranquilles si les Huns, grands mangeurs d'ours, les laissent en paix. Les loups se rameutent ; leurs lugubres hurlements résonnent et se répondent dans les crépuscules d'automne. Il faut marcher pourtant.

Épigène et Plinthas avancent vers Margus, pelotonnés dans leurs manteaux sur leurs chevaux désenchantés qui baissent la tête face aux bourrasques descendues de la Baltique et de l'océan glacial Arctique. Ils regrettent leurs palais de la Corne d'Or, calfeutrés et chauffés, qui défient la bora.

Ils avancent sans savoir que Roas est mort. Le dernier « chef souverain » des Huns noirs danubiens est mort fin octobre ou début novembre de cette année 434, on ne sait pas. Les chefs réunis en hâte ont acclamé ses deux neveux comme ses successeurs. Voici tous deux « chefs souverains » les deux fils de Mundzuk, mais Bléda c'est pour la forme, Attila pour de bon. Le soleil des Huns se lève en Europe, Épigène et Plinthas en feront les premiers frais.

Grâce à Roas, à Ébarse et à Attila qui ont travaillé de concert vingt ans à la gloire de leur maison, la primauté de la famille de Turda est éclatante chez les Huns de l'Ouest et reconnue chez ceux de l'Est. « La conscience d'une certaine unité politique est sensible dans les deux groupes. » Bléda forfait, Attila en est le seul représentant.

Il se proclamera empereur quelques semaines après la mort de son oncle, au début de 435, « empereur, roi des Huns ». Les légats de Théodose seront les premiers à devoir le reconnaître. Dans le même mouvement il définit les limites de cet empire. D'est en ouest, l'Oural et le Danube. Au sud, le Caucase, la mer d'Azov, la mer Noire et les Carpates en englobant l'actuelle Hongrie. Au nord, il tire deux lignes droites : de l'Oural à la Haute-Volga (au sud du lac de Rybinsk) et de la Haute-Volga au Danube à la hauteur de Vienne. Cette frontière nord est symbolique et, à l'intérieur du quadrilatère ainsi délimité, d'immenses zones n'ont jamais vu ni ne verront le moindre Hun. Qu'importe. Il faut voir grand quand on se veut tel.

Ces prétentions démesurées ne font rire personne. L'empire est nominal peut-être, mais les deux empires romains dont les empereurs depuis longtemps ne contrôlent plus que des lambeaux ne le sont pas moins ; et ces empereurs eux-mêmes existent à peine. Attila existe, ses cavaliers aussi. Son empire, c'est lui à leur tête. On va voir ce qu'on va voir.

L'entrevue n'aura pas lieu dans la ville de Margus qui est cité romaine, mais dans la plaine morave, sur la rive droite du Danube. Théodose a désigné deux ambassadeurs, Attila en désigne deux aussi, flanqués du même nombre de secrétaires que les autres. Lui-même est accompagné de son frère Bléda pour la figuration. Ses ambassadeurs sont ses deux conseillers les plus proches qui ne sont huns ni l'un ni l'autre : le Grec Onégèse et le Pannonien romain — Pannonien comme Aétius — Oreste. Ces deux étrangers sont des personnages clés de l'empire. Ils sont flanqués de deux seconds, ceux-ci huns des plus purs, Esla et Scotta.

Si les grands chefs savent s'entourer, Attila en fut l'archétype. Il s'entoura de lieutenants remarquables avec une totale liberté d'esprit. Ni l'origine, ni la situation, ni les antécédents ne comptaient dans ses choix, la valeur qu'il devinait en ceux qu'il recrutait importait seule. Il fut un devin sans rival.

Onégèse est son bras droit. Il lui délègue tout. Tantôt il est ambassadeur, tantôt chef d'armée, tantôt empereur *bis*, Attila n'hésitant jamais à lui confier tous les pouvoirs lorsqu'il s'assignait d'autres tâches que leur exercice direct. Onégèse n'hésite jamais à prendre des initiatives et des plus importantes jusqu'à engager le sort de l'empire. Les chefs huns les plus puissants lui obéissent sans murmure. Le voir, c'est voir son maître. Il partage les attributs les plus voyants du pouvoir. Comme Attila, il a un palais de bois partout où il séjourne ; il a sa cour. Sa femme est appelée la « reine Onégèse ». Il l'associe étroitement à sa vie politique ; elle reçoit fastueusement les princes étrangers et les ambassadeurs.

Le Pannonien Oreste est né près de Pettavium, aujourd'hui Pettau, sur la Drave, affluent du Danube, dans une famille déjà puissante. Il a épousé la fille du comte Romulus, personnage considérable de l'empire d'Occident. Tous les espoirs lui sont permis mais la décadence de Ravenne le dégoûte. Envoyé porter un message à la cour d'Attila, il y reste. Les espoirs qu'il pouvait se permettre à Ravenne étaient minuscules auprès des promesses de l'empereur des Huns, dont on savait qu'il les tenait toujours.

Oreste devint rapidement la conscience de son maître. N'hésitant pas à le contredire et, chose étonnante de la part d'un despote, ses observations furent souvent approuvées. Chargé des négociations les plus difficiles, il ne sera jamais désavoué. En peu de temps, comme Onégèse, il se constitue une fortune énorme et ce n'est pas leur seul point commun : chose rare, ces deux « principaux » de la cour ne sont pas jaloux l'un de l'autre. Ils s'opposeront plusieurs fois à Attila dans des circonstances capitales, à propos notamment de la retraite devant Rome inspirée par Léon le Grand.

À la mort d'Attila, il s'opposera comme Onégèse au partage de l'empire hun. N'ayant pu se faire entendre, il retournera en Italie commander l'armée de l'empereur Julius Nepos, d'origine dalmate. Constatant sa nullité, il le déposera en 475 et le remplacera par son propre fils Romulus Augustule, pour gouverner en son nom.

Le premier Romulus avait fondé Rome, le dernier en sera le dernier empereur. Un an plus tard, le roi hérule Odoacre abolira l'empire, déposera le fils et fera décapiter le père.

Attila est chez lui, il arrive le premier et, méprisant les usages romains, reste à cheval. Les ambassadeurs de Théodose refusent l'humiliation qui consisterait à mettre pied à terre. La conférence commence, à cheval, en plein air. Le vent du nord oblige à élever la voix. Jamais chevaux n'en auront entendu de pareilles.

Avant de quitter Constantinople, Plinthas, très mal renseigné, s'était félicité devant Théodose de rencontrer en Attila un prince qui ne pouvait qu'être encore novice par rapport au coriace Roas. D'entrée, il veut mettre en valeur la bienveillance de son empereur qui l'a envoyé si vite, lui Plinthas, conférer avec les Huns.

Il n'y a pas de bienveillance, coupe Attila, il n'y a que nécessité : c'était la conférence ou la guerre. La guerre que les Huns ne demandent qu'à commencer, encore plus vite que Théodose n'a pris sa décision. « Mais... », risque Plinthas. Il n'y a pas de mais, d'ailleurs le terme de conférence est impropre. Épigène et Plinthas ne sont ici que pour entendre comment l'empereur romain d'Orient peut éviter la guerre. À quelles conditions. Ils répondront par oui ou non à ces conditions dont voici la liste. Les Huns n'ont pas de temps à perdre.

Constantinople doit rompre toute alliance avec les pays hunniques ; rompre toutes ses relations avec les tribus danubiennes et caucasiennes de l'empire ; renvoyer les contingents embauchés sans l'accord de Roas ; livrer tous les réfugiés huns de son territoire ; s'engager solennellement à ne jamais prêter main-forte sous quelque forme que ce soit à un ennemi des Huns.

La rafale passée, Plinthas prend la parole : l'empereur d'Orient n'a jamais embauché de contingent hun, il faudrait se renseigner du côté de Rome. Attila se tait. Onégèse prend note. Plinthas alors reprend une à une les conditions d'Attila, « voulant être sûr d'avoir bien compris »... Après chaque condition, il assortit cette répétition de la formule suivante :

« Et si l'empereur ne veut pas donner son accord ?

— C'est qu'il préfère la guerre », répond Attila.

Les envoyés de Théodose restent muets.

Attila poursuit son avantage. Des prisonniers romains se sont évadés sans que rançon ait été payée. Il les réclame ou à défaut huit pièces d'or par tête. Il faut aussi réparer le préjudice causé aux Huns par les manœuvres de Théodose en Danubie et Caucasie. Aujourd'hui enfin, l'amitié des Huns vaut plus cher qu'hier. L'empereur d'Orient doublera donc à sept cents livres d'or la solde versée à Roas et le mot de solde ne convenant plus, on l'appellera tribut — tribut annuel de l'empereur d'Orient à l'empereur des Huns.

« Jamais l'empereur n'acceptera ! explose Épigène.

— Alors il préfère la guerre », constate Oreste sans émoi, avant d'offrir aux ambassadeurs l'hospitalité pour la nuit.

Une nuit de réflexion, une seule. Attila n'attendra pas plus.

Épigène est porteur du sceau impérial qui ratifie tout traité au nom de l'empereur. Ils pourraient donc conclure, mais comment céder sur tout ?

C'est le tribut qui les ennuie, la seule condition qui coûte : Théodose n'a pas de finances. Pourra-t-il payer ? Épigène et Plinthas décident de se consacrer à la négociation d'un rabais et d'abandonner tout le reste.

Le jour se lève sur la plaine alluviale. Les légats, qui n'ont pas dormi, se mettent en route. Seuls deux Huns les attendent, Esla et Scotta, calfeutrés dans leurs fourrures, qui ne parlent ni latin ni grec et n'ouvrent pas la bouche. On se regarde en chiens de faïence une éternité quand Attila daigne apparaître avec Onégèse et Oreste.

Oreste tend le traité tout prêt, calligraphié en un latin digne de Virgile. Plinthas déclare que Théodose risque de refuser le doublement du tribut. Oreste reprend le traité, déclare closes les négociations. L'empereur d'Orient désire la guerre, il l'aura selon son souhait.

Épigène n'y tient plus : « J'ai le sceau, on peut signer. »

Le traité de Margus est signé sur-le-champ.

« Mes pareils à deux fois ne se font pas connaître… » La première manifestation d'Attila empereur est un coup de maître. En quelques heures, Barbare puant, il a vaincu l'empire d'Orient. Il l'a vaincu sans combat, réduit sans coup férir à la condition de tributaire. Sans risquer un seul de ses cavaliers, il s'est imposé à l'une des deux puissances qui se considéraient encore maîtresses de l'Europe, de cette Europe dont rêvent alors tous les aventuriers du monde.

Le Calligraphe est partagé entre le soulagement, la honte et la rage. Soulagement de voir écarté un danger redoutable ; honte de l'humiliation ; rage d'avoir à payer sept cents livres par an. Le soulagement toutefois l'emporte : il s'exécute avec une parfaite docilité. Surtout ne pas contrarier le nouvel empereur. Il fait arrêter, étrange morale, deux fils de chefs huns qu'il employait à Constantinople — pourquoi pas les chefs eux-mêmes ? — et les fait livrer près de Carse en Thrace danubienne. Attila — avis aux traîtres — fait crucifier ces deux innocents devant la garde romaine qui les lui a remis. Puis il regagne sa capitale démontable quelque part dans la *Puszta* et forme son gouvernement. Onégèse y occupe la première place.

Bienveillance et férocité

La plaisante capitale ! écrira le Grec Priscos[7]. C'est à vrai dire une ville de tentes et de chariots au centre de laquelle se dresse un village entouré de palissades. Le palais du roi — si on peut appeler palais une demeure de bois — est situé sur une éminence au milieu du village. Les maisons des épouses et des gardes l'entourent. Vu de près, l'édifice est curieux. Les murs sont faits de planches habilement juxtaposées, la toiture repose sur des colonnes de bois formant une sorte de galerie. Tout cela est assez bien ouvragé et les sculptures, bien que d'un dessin barbare, donnent une certaine impression de grandeur.

Davantage que le palais d'Attila, c'est celui d'Onégèse qui le frappe le plus car il contient une salle de bains bâtie en pierre et en marbre sur le modèle des thermes romains, avec une étuve et une piscine, construite d'après les plans d'un architecte grec prisonnier de guerre, qu'Onégèse s'était réservé.

Terreur au-dehors, bienveillance au-dedans. Attila fait crucifier froidement deux innocents devant les gardes qui les lui ont amenés pour que ceux-ci, de retour à Constantinople, répandent le bruit de sa férocité, mais il veut être aimé autant qu'être craint.

« Quiconque avait été admis parmi les siens, écrira encore Priscos, pouvait compter sur sa bonté. »

On l'a souvent dépeint double : un côté féroce, un côté charmeur. Et nombre d'historiens ont soutenu que le charmeur l'emportait sur le féroce. Ses cruautés n'auraient été que politiques, forcées en quelque sorte par des circonstances malheureuses dont il n'était pas responsable mais qu'il devait surmonter pour le salut de l'empire. Puis les supplices — crucifixions, décollations, empalements, écorchements... individuels ou collectifs — faisaient partie des mœurs du temps et les forfaits d'Attila n'étaient pas plus grands que ceux des moindres généraux des empires romains ou perse, sans rien dire des crimes des empereurs eux-mêmes.

Les moins sévères remarquent que les auteurs des quelques textes sur quoi on peut se fonder pour étudier le personnage étaient tous de ses ennemis sinon de ses victimes.

Maurice Bouvier-Ajam est de ceux qui croient beaucoup en l'Attila séducteur. Selon lui, Attila aurait de loin préféré cette face-là de lui-même à sa face terrible. Il va jusqu'à affirmer :

> Il l'aime tant [cette face bienveillante], que, parfois, existe en son esprit un conflit entre le Terrible et le Séducteur et il lui arrivera, tout à coup, par un revirement si abrupt qu'il dépasse l'astuce diplomatique, de passer de l'un à l'autre[8].

Il aurait souvent offert le choix : « Voulez-vous être séduit, préférez-vous être terrorisé ? »

Du côté de la séduction, il y a des réceptions fastueuses dans les fameux palais de bois dont les salles d'apparat étaient paraît-il immenses et bourrées de tapis, de divans et de coussins, des cadeaux somptueux, des entretiens à cœur ouvert où l'empereur se fait enjôleur, donnant à chacun l'impression que lui seul compte. Les fêtes diplomatiques pour honorer des dignitaires étrangers se donnent le plus souvent dans le palais de la reine Onégèse, l'impératrice Kerka recevant plutôt les Huns.

Essor

Les deux premières années du règne impérial sont plutôt paisibles après le coup d'éclat du traité de Margus qui a stupéfié l'Europe et retenti vers l'est bien au-delà du Caucase. Tout se gâte en 437. La fragile cohésion de l'immense empire est menacée de l'intérieur et de l'extérieur.

Entre la Volga et le Don, certains clans huns prétendent à l'indépendance ; du côté de la Caspienne, des Akatzires et des Alains, rompant les accords passés, lancent des raids contre les Huns blancs fidèles ; des Slaves belliqueux se manifestent des deux côtés de la Vistule et des Teutons ravagent la rive droite de l'Elbe...

Tandis qu'Aétius presse son ami de lui confier une armée pour affronter en Gaule les Wisigoths d'Aquitaine.

Attila va faire face à tout.

Dans le cas des Akatzires et des Alains du Caucase, on retrouve Théodose II. Le Calligraphe n'a pas digéré Margus. Il a repris contact avec les tribus qui lui avaient déjà prêté une oreille complaisante. Toujours léger, il a laissé son grand eunuque envoyer des émissaires si incompétents qu'ils ont distribué tout l'or dont on les avait chargés à des chefs secondaires, arrivant les mains presque vides devant le chef des chefs, le doyen Kouridak. Ulcéré, Kouridak prévient Attila.

Attila prend lui-même la tête d'une armée, écrase les chefs akatzires qui ont accepté l'or romain, les fait supplicier en série et ravage les terres des Alains qui les avaient suivis. Puis il propose à Kouridak de venir le voir, « pour partager ensemble les fruits de la victoire ». Kouridak, méfiant, se dérobe. Il craint que ces fruits ne soient pour lui bien amers, car s'il a dénoncé les menées de Théodose, il ne peut pas ne pas se douter qu'aux yeux d'Attila la frustration a joué le grand rôle dans cette délation, que s'il avait reçu l'or promis il serait resté muet.

Loin de se rendre à l'invitation de l'empereur des Huns, il se retrancha en lieu sûr et répondit à Esla qui la lui avait transmise : « Je suis un très vieil homme. Mes yeux affaiblis ne peuvent plus regarder sans se détourner un rayon de soleil. Comment soutiendraient-ils l'éclat du Soleil lui-même ? Je resterai ici et ce qu'il fera sera bien. »

Attila le Diplomate admit fort bien la réponse ; Attila le Séducteur fit porter au vieillard une épée d'argent en gage d'amitié et la promesse de le protéger à la tête de sa tribu jusqu'à la fin de ses jours. Les Akatzires félons furent rattachés à l'empire, avec les Alains coupables, sous l'autorité d'Ellak, son fils aîné et préféré. Voici les rebelles englobés dans l'empire. Il ne faut pas s'en étonner : les premiers sont cousins des Huns et les seconds si peu nombreux qu'ils y seront noyés ; les uns comme les autres, soulagés de se voir vivants, sont plutôt flattés de devoir désormais obéir au fils aîné de leur conquérant.

Ainsi se précise la politique de cet empereur d'un nouveau type : fondation d'un empire fédéral, groupement de royaumes étroitement alliés, où l'autorité suprême lui sera réservée.

Les Akatzires châtiés et absorbés, les Huns blancs séduits par la dissidence reviennent à de meilleurs sentiments. Dans la suite de sa tournée, Attila ne rencontre plus que des chefs fidèles, dont les plus compromis sont les plus repentants. Il s'abstient de les punir, exerçant la « clémence d'Auguste », veillant surtout à ce que ceux d'entre eux qui sont vraiment restés loyaux disposent de forces suffisantes pour assurer l'ordre. Puis il organise les relations entre les nouvelles parties de l'empire et le roi, son fils, qu'il leur a donné.

L'Est pacifié, Attila se tourne contre le Nord. Pour le seconder de ce côté, il songe à son frère Bléda. Il l'installe dans une forte ville qui domine le Danube en aval de Vienne. Elle portera le nom de son récipiendaire avant qu'il ne devienne Buda, puis Budapest, la capitale de la Hongrie... Comme beaucoup de ce qui touche aux Barbares du Ve siècle, la thèse n'est pas prouvée. Les historiens hongrois d'aujourd'hui ne voient dans Buda qu'un nom de famille médiéval, apparu bien après la fin d'Attila.

Quoi qu'il en soit, Bléda est là pour son seul titre de « chef souverain ». Son frère ne lui demande rien d'autre que l'incarner sans vagues. Bléda, on le sait, ne veut pas faire le chef. Le pouvoir n'est pour lui qu'ennuis et fatigue. Il veut chasser, boire et manger ; aimer ? Peut-être...

Tandis qu'Attila envoie ses colonnes rayonner en Germanie jusqu'à la Baltique sous les commandements de ses trois bras droits : Onégèse, Oreste et Édécon.

Les Germains si redoutés sont partout battus. Les survivants devenus craintifs se cachent au fond de leurs forêts. Les cavaliers qui surgissent vainqueurs de leurs profondeurs pour fouler les plages immenses d'une mer inconnue, parsemées de morceaux d'ambre, daignent parfois démonter pour en ramasser. Tout le nord de l'Europe entre le Rhin supérieur, l'Elbe et la Baltique est bientôt colonisé. L'empire des Huns alors est plus vaste que celui des Romains.

Pendant ce temps, Bléda meurt. On le voyait paraît-il tituber dans sa ville, débonnaire entre deux beuveries. Dessoûlé, il appelait son cheval et allait à la chasse. Un jour il l'appela trop tôt, parvint par malheur à monter dessus. Accroché à la crinière, il se rua au fond d'un bois qu'il savait repaire d'un ours. Hélas, l'odeur du plantigrade affola sa monture ; laquelle jeta son cavalier contre un chêne où son crâne éclata.

On a beaucoup contesté cette version. On l'a trouvée trop simple. Attila le Féroce ne pouvait pas ne pas être impliqué dans la mort de son frère, de son aîné dont il devait craindre qu'un jour il ne lui fasse de l'ombre.

Des écrivains et historiens de la meilleure qualité ont soutenu la thèse de l'assassinat : Attila aurait tué son frère. Cette thèse aujourd'hui est battue en brèche. La première raison de cet affaiblissement est qu'elle diminue Attila. Elle fait de lui un tueur compulsif : Attila est un tueur, il tue ; selon l'expression consacrée, il aurait tué père et mère, alors un frère... Qu'Attila fût un massacreur, il le prouva souvent, mais il était bien autre chose aussi.

Bléda ne le gênait en rien, Bléda ne gênait personne. Il chassait, buvait, mangeait, heureux de vivre à ce rythme « heureux dans sa passivité », écrit Bouvier-Ajam[9]. Attaché avant tout à ce qu'on le laissât tranquille. C'est Ravenne et Constantinople qui ont hurlé au meurtre les premières. Affirmant qu'en l'absence de son frère Bléda avait pris une autorité qui lui avait paru dangereuse. Mais elles-mêmes vivaient dans le meurtre et l'hypocrisie. Leurs hauts cris n'émurent pas grand monde.

Attila ignore complètement ces accusations. Il consolide son pouvoir et le hasard penche de son côté.

L'épée de Mars

En 439 ou 440, un bouvier hun de la steppe orientale du Don, à trois cents kilomètres environ de son embouchure, voit revenir à lui une génisse blessée au pied. Curieux, il remonte la trace laissée par le sang, arrive à une pointe dépassant du sol, creuse, déterre une épée.

Il la nettoie. Elle est en or. C'est l'épée de Marak ! Palladium des Scythes invincibles, surgis jadis de la mer d'Aral par la volonté des dieux, pour châtier et dominer les peuples ramollis des steppes. Vers l'ouest, ils avaient dépassé la Caspienne et circonscrit déjà le Caucase lorsque les Cimmériens les avaient arrêtés. Les Cimmériens étaient effrayants, les courages scythes avaient vacillé. Alors le roi Marak, chef de tous les Scythes, avait tiré sa grande épée d'or et fait creuser un trou où il l'avait placée lui-même, la pointe en l'air dépassant du sol. Puis il avait fait combler le trou et, désignant le nord où étaient les Cimmériens, avait déclaré qu'aucun Scythe ne pouvait plus faire un pas au-delà de la pointe de la lame enterrée. Les Scythes galvanisés s'étaient rués en avant, les Cimmériens intimidés leur avaient laissé le champ libre. Les Scythes les avaient poursuivis, avaient capturé leur roi, et bousculé les Mèdes accourus à la rescousse… Dans la foulée, ils étaient parvenus aux frontières de l'Égypte, d'où le pharaon Psammétique Ier les avait éloignés en les couvrant de cadeaux.

Darius Ier, le fondateur du grand empire perse, avait renoncé à les soumettre. Les généraux d'Alexandre perdront contre eux la Bactriane en Afghanistan et le nord-ouest de l'Inde. Le roi des Parthes, Mithridate II dit le Grand, fut le seul qui parvint à en détruire quelques bandes. Les Romains au faîte de leur puissance se gardèrent de s'y frotter. Les Scythes étaient devenus la terreur du monde. Et tout cela grâce à l'épée de Marak ! Que les Romains, pragmatiques, appelaient l'épée de Mars.

Le bouvier inventeur du glaive sacré est invité à le porter à Attila. Il s'exécute, bouffi de fierté, accompagné d'une cohorte d'honneur où se bousculent les chefs les plus valeureux de l'empire.

Attila est agnostique, mais comment ne pas feindre l'émerveillement, la reconnaissance et la dévotion devant cet objet des superstitions éperdues de tout ce qui, à la surface du monde connu, tient la guerre pour la plus digne de toutes les actions des hommes ?

Attila joue le jeu que le monde veut lui voir jouer. La remise de l'épée fait de lui l'élu de Mars, le maître de la guerre et donc de la paix.

Les réactions à cette découverte sont extraordinaires. L'épée est exposée pendant des mois dans la capitale de l'empire. Des milliers de curieux — ou d'adorateurs —, souvent venus de très loin, défilent devant l'objet divin, car, dans l'esprit du temps, sa possession par un dieu l'a rendue divine elle-même. Du monde entier, les félicitations affluent. Ravenne et Constantinople jouent elles aussi le jeu. Ces deux capitales qui se disent chrétiennes affectent comme les païens de voir une élection céleste dans sa découverte au cœur de l'empire hun. Il s'en faut de peu que le détenteur de l'épée ne devienne dieu lui-même — il n'y a pas si longtemps que les empereurs romains prétendaient l'être. Les Chinois eux-mêmes y vont de leurs congratulations.

Attila répond. Il envoie Édécon en Chine, chargé de manuscrits grecs et latins pris jadis aux Romains et aux Burgondes, à l'intention des mandarins. Le Fils du Ciel lui remet pour son maître, pour lui-même et les hauts dignitaires huns, les insignes des plus hautes distinctions qu'il puisse accorder à des étrangers.

Onégèse s'en va à Ravenne, emportant avec lui pour Galla Placidia des plaques d'ivoire sculpté dont il sait qu'elle raffole et pour Aétius un casque d'argent et des ceinturons dorés. Mais le légat chargé de remercier Théodose II de ses bonnes paroles s'en va les mains vides.

Toute cette gloire de surcroît attire sur Attila l'amour dévorant de la sœur de l'empereur Valentinien III, fille comme lui de Galla Placidia et de Constance III, la très belle et très remuante princesse Honoria. Intelligente et passionnée, cette fille indomptable n'a donné que du fil à retordre à sa pauvre mère et son frère l'empereur en est excédé. C'est le caprice fait femme, affectée d'un tempérament volcanique qui en a fait de bonne heure la créature la plus scandaleuse d'une cour dont le scandale était le pain quotidien. À Ravenne, il avait fallu l'enfermer dans un couvent. Les murs en étant franchissables, on l'expédia à Constantinople où elle fut soumise à un régime de surveillance spéciale qu'elle déjoua en se jouant. Elle s'échappa et reparut triomphante à Ravenne, devenue vraiment inépousable en dépit de sa naissance. Son frère aurait voulu l'enfermer très loin dans une forteresse inviolable, mais sa mère ne put s'y résoudre. Le scandale aurait été trop grand. Valentinien le comprit.

Elle avait vingt-trois ans en 440 quand l'épée de Mars fut découverte. Elle prit feu. Écrivit à Attila lui demandant de l'épouser et joignant à la lettre un anneau ; de fiançailles, disait-elle. Quant à sa dot, qu'Attila ne se tourmente pas, elle aurait la moitié de l'empire d'Occident comme fille de Constance III...

Le Fléau de Dieu est perplexe. Il congédie le messager sans réponse. À son retour à Ravenne, Honoria n'y est plus. Elle s'était confiée à une suivante qui avait immédiatement rendu compte de ses projets à Galla Placidia. Valentinien l'avait sur-le-champ enfermée dans un couvent aux murs réputés infranchissables. Elle s'en était évadée aussitôt et nul ne sut, plusieurs années durant, ce qu'elle était devenue !

Attila garda la lettre et l'anneau. Les femmes ne lui manquaient pas, Honoria ne l'obséda pas. Puis, davantage que l'amour, la vengeance occupait à ce moment-là son cœur.

Ce n'était pas assez que d'avoir incorporé les Akatzires à l'empire après les avoir battus et punis, Théodose, responsable de leur trahison, n'avait en rien souffert de sa perfidie. On ne pouvait pas en rester là. Le prestige hun exigeait une réplique plus éclatante que le succès, fût-il complet, d'une expédition punitive aux lointains confins de l'empire hun lui-même. Il fallait frapper l'empire romain.

Le traité de Margus ayant été piétiné, c'est là qu'il fallait porter son attaque.

Vengeance

Tous les ans se tenait dans la plaine de Margus l'une des plus grandes foires d'Europe où se rencontraient les négociants des deux empires romains. Elle assurait de gros bénéfices à celui d'Orient qui en était l'hôte. Outre des représentants de tous les peuples de l'Europe, on y croisait des Perses, des Hindous, des Chinois... des Huns aussi qui venaient en voisins. C'était une foire de rang mondial.

L'an 441, les Huns se présentent en masse. Les vendeurs se félicitent de cet afflux de clientèle. Mais ces Huns ne sont pas acheteurs, ils dégagent de leurs vêtements des poignards et des épées et ordonnent : « Que personne ne bouge ! » Profitant de la faiblesse de la police de Théodose, les Huns s'emparent de tout ce qu'ils peuvent et incendient le reste. Puis ils emmènent les chevaux et les bœufs après avoir consommé tous les spiritueux disponibles.

Théodose informé interroge Attila : s'agit-il de simples brigands que l'empereur des Huns saura châtier, ou de créatures de l'empereur ?

Il n'y a pas de brigands chez les Huns, répond Attila. Ce qui a été fait à Margus l'a été sur mon ordre. Mais rien n'aurait eu lieu si l'empereur Théodose n'avait violé le traité de Margus. L'intervention était punitive à double titre. Punir Théodose d'abord, puis l'évêque Andoche titulaire du lieu, car ce dernier avait violé les sépultures des chefs huns enterrés près du Danube pour y dérober les armes et les bijoux qu'elles contenaient. On avait signalé la présence d'Andoche au siège de son évêché, Attila avait résolu de l'enlever pour lui faire rendre gorge. Malheureusement le renseignement était éventé. Ce n'était que partie remise...

Le Calligraphe est effondré. Alors, trop faible pour faire la guerre, il se contente de dire le droit. C'est un fin juriste, on le sait. Qu'il ait violé le traité de Margus, il est le premier à le savoir. Il se rabat sur le cas de l'évêque. Sa chancellerie fait savoir à l'empereur des Huns qu'il lui appartient, à lui Attila, détenteur de l'épée de Mars, de porter plainte, d'assigner l'évêque en justice pour obtenir réparation. On ne se fait pas justice soi-même, en pays civilisé.

La justice des Huns n'est pas celle de Rome, répond Attila sans mentir. Les Huns châtient les malfaiteurs sitôt avérés leurs méfaits, sans procédure dilatoire. Il déplore le simplisme du juridisme romain, lequel envisage sans vergogne qu'un empereur étranger se fasse plaideur devant elle !

Attila ne réclame que l'application d'un droit international dont il vient d'inventer la notion. Il réclame l'extradition de l'évêque Andoche et sa livraison à sa justice à lui, la justice des Huns, qui le fera pendre aussitôt, sans arguties dilatoires. Si Théodose veut se faire sa religion, qu'il convoque l'évêque et l'interroge lui-même avant de le livrer...

Voici Andoche devant Théodose. Il s'indigne : il n'a jamais violé la moindre tombe. Il ignore tout de ces sépultures de chefs près du Danube...

La chancellerie le renvoie à Margus et, pour avancer l'enquête, demande à Attila la situation et l'inventaire des tombes profanées. Attila répond avoir demandé la livraison d'un coupable et non pas l'engagement d'une procédure. Et puisqu'on ne veut pas le lui remettre, il ira le prendre lui-même, et met le siège devant Margus.

L'évêque Andoche avait mesuré la faiblesse de Théodose : les Huns faisaient ce qu'ils voulaient dans la plaine morave. Les maigres garnisons romaines ne pouvaient pas s'y opposer. Bien qu'il eût fortifié sa ville, parce qu'il savait que des remparts arrêteraient les Huns, conjecturant qu'il ne serait pas secouru, il décida de traiter.

Il offre d'ouvrir Margus à condition qu'elle demeure cité épiscopale et lui-même son évêque. Attila accepte. L'évêque et son clergé vont le saluer solennellement dans son camp et rentrent dans la ville avec lui et sa garde pour la lui remettre. Attila embrasse Andoche et tout est dit. Constantinople, sans réagir, a perdu une place qui commandait sa frontière nord et dont la foire constituait l'une de ses ressources principales.

Théodose va supplier Valentinien III, son homologue d'Occident, d'envoyer ses légions contre l'envahisseur. Valentinien consultera Aétius, son général en chef. Aétius dira non, au motif que ce n'est pas le moment.

La situation en Occident n'était pas meilleure qu'en Orient. Les Vandales qui tenaient l'Afrique avaient pris la Sicile qui était le grenier de Rome. Les pirates dominaient la Méditerranée ; il fallait armer une nouvelle flotte pour nettoyer la mer et transporter des troupes à Carthage. En Gaule, les bagaudes entretenaient des révoltes permanentes, les Wisigoths étaient intenables et les Alains irréductibles. Enfin les Huns étaient amis de l'Occident et, dans ce contexte, amis indispensables.

L'hypothèse d'un accord secret entre Attila et Aétius fut aussitôt formulée. L'accord aurait porté très loin : tous deux se seraient partagé l'Europe, avec les dépouilles des deux empires. Rien cependant n'a pu être prouvé.

Vengeance, suite

Voici Attila présent sur les deux rives du Danube. Le succès est d'importance ; Roas malgré de constants efforts, exclusivement diplomatiques il est vrai, était resté bloqué au nord du fleuve. Mais il n'en a pas fini avec l'empire d'Orient. Sa vengeance n'est pas complète et surtout son ambition n'est pas satisfaite. Théodose paralysé, il avance ses pions, autrement dit ses armées.

Démarrant de Budapest, il s'empare de Viminacium, chef-lieu des garnisons du sud du Danube, enlève Ratiara dont les défenseurs sont exterminés, puis se présente aux portes de Belgrade, future capitale de la Roumanie, alors appelée Singidunum. Instruite du sort de Ratiara, la garnison préfère se rendre, grossir les rangs d'Attila et remonter avec lui vers l'ouest la vallée de la Save pour s'emparer de la Pannonie Seconde, dépendance de l'empire d'Orient. Il arrive devant Sirmium. Sirmium est l'une des plus importantes places fortes de l'empire et sa puissante garnison est décidée à se défendre. Or c'est Oreste, Pannonien, compatriote des assiégés, qui commande les forces hunniques.

La voix du sang se fait entendre : on discute. On reconnaît que le combat serait fratricide. Sirmium ouvre ses portes.

Attila accorde à la garnison les honneurs de la guerre et lui propose le choix suivant : passer en Pannonie Première, dans l'empire d'Occident, ou grossir les armées hunniques de la Pannonie Seconde... La seconde proposition est adoptée en masse. La vengeance d'Attila est maintenant complète.

Sirmium commande l'Illyrie, la Dalmatie, la Mésie, la Macédoine et la Thrace. Il n'y a plus d'obstacles entre Constantinople et le Fléau de Dieu.

Attila s'attarde à Sirmium pour savourer sa victoire. Il y convoque ses mousquetaires, Onégèse, Oreste et Édécon, pour la plus grandiose des fêtes jamais donnée de mémoire de Hun, dans la maison en pierre du gouverneur romain expulsé la veille.

La fête cuvée, le devoir les rappelle : parachever l'humiliation de l'empire d'Orient.

Édécon achève la conquête de la Mésie. Descendant la vallée de la Maritza, il s'enfonce en Thrace, s'empare de Philippopolis — aujourd'hui le Plovdiv bulgare — et prend ses quartiers à Arcadiopolis — le Tekirdağ de l'actuelle Turquie — au bord de la mer de Marmara, à deux étapes de l'ancienne Byzance, Attila lui ayant commandé de ne plus bouger.

Onégèse s'apprêtait à envahir la Macédoine, lorsque dans un effort suprême Théodose lui oppose une armée assez puissante pour l'inquiéter. Afin de la rassembler, il a conclu une paix honteuse avec les Perses Sassanides, dégarni son front d'Afrique contre les Vandales et rappelé sa flotte de Sicile qui devait ramener les mêmes à la raison. La force ainsi constituée est essentiellement composée de mercenaires goths. Elle est commandée par le Romain Aspar, ami d'Aétius, secondé par deux généraux germains, Aerobind et Arnegisdon.

Cette armée de la dernière chance est prise en tenaille par Onégèse venant de l'ouest et Édécon venant de l'est — lequel n'a pas pour autant dégarni le front de Constantinople. La retraite s'impose. Aspar la commande. Les Goths laiteux aux cheveux roux refluent furieux vers la Corne d'Or à travers la Thrace inférieure.

Débarrassé de cette menace, Onégèse repart vers la mer Égée, l'atteint à Gallipoli, occupe la place forte d'Athyras, quasi faubourg de Constantinople. Attila lui envoie l'ordre de ne pas en bouger.

Lui-même, l'empereur des Huns, quitte Sirmium pour la Mésie et la ville de Niš aujourd'hui en Serbie, alors appelée Naissus. C'était la patrie de Constantin le Grand qui avait fait de Constantinople la capitale de l'empire romain. Il s'en empare et en ordonne la destruction immédiate. La vengeance était consommée.

Première énigme

Derrière ses remparts énormes et neufs dont la construction fut sans doute l'œuvre majeure de Théodose le Calligraphe, achevée dix ans à peine avant l'apparition des Huns, Constantinople retient son souffle. Ces remparts sont imposants, ils tiendront des siècles et leurs restes aujourd'hui épatent encore le voyageur, mais la capitale de l'empire d'Orient est démoralisée et se voit déjà submergée. Les deux armées d'Onégèse et d'Édécon la tiennent sous leur coupe. Elles attendent Attila à qui seul revient la gloire de la prendre.

Aspar et ses Goths attendent l'assaut sans illusions. Soit, les Huns ne sont pas des forceurs d'enceinte. Ils n'ont pas de machines de siège et la patience indispensable à l'investissement d'une ville pareillement fortifiée leur fait complètement défaut. Mais leur moral est au zénith et dans la ville une panique sourde qui ne demande qu'à exploser contamine les esprits. Ceux qui se battront ne le feront que pour l'honneur.

Attila rejoint Édécon à Arcadiopolis. Il y a convoqué son état-major : Oreste, Onégèse, Scotta et

Bérik. Il leur ordonne à tous de rester l'arme au pied. Il faut se tenir prêt mais il faut attendre. Ses lieutenants ne posent pas de questions. Ils obéissent sans ciller.

Le renoncement à Constantinople est le premier des trois grands mystères d'Attila. Ses deux autres renoncements seront au-devant de Rome et de Paris. Trois fois, il a fait demi-tour devant trois villes résignées à se laisser prendre. Et peu importe que le Paris du Ve siècle n'ait été qu'une bourgade à côté des deux premières, c'est la volte-face qui compte.

Pourquoi ce renoncement ? On a supposé qu'Aétius lui aurait demandé de ne pas aller plus loin. On a supposé que pour épargner la vie de ses hommes — l'assaut contre Constantinople aurait coûté cher, vu ses murailles formidables — il aurait attendu que Théodose, aux abois, ouvre des négociations. On a supposé qu'il a voulu récompenser ses troupes de leurs fatigues en les laissant se reposer dans une région agréable, bien ravitaillée. On a supposé qu'averti par l'exemple de l'empire romain — qui trop embrasse mal étreint — il s'est refusé à un accroissement fatal de son empire.

Ces deux dernières suppositions paraissent inconséquentes : les troupes d'Onégèse et d'Édécon étaient inactives depuis longtemps lorsque se tint le conseil de guerre où il fut décidé de ne pas aller plus loin ; quant à la nécessité de digérer la conquête, Constantinople en soi — quelques kilomètres carrés de bâtiments divers — ne représentait pas un accroissement mortel.

On a supposé enfin que d'alarmantes nouvelles en provenance du Caucase et de la Volga l'auraient dissuadé d'attaquer.

En effet : des Huns blancs s'insurgent contre les officiers qu'il a nommés pour les encadrer dans l'ancien royaume de son oncle Ébarse ; les Akatzires à qui il a donné son fils Ellak pour roi s'agitent, se trouvant trop à l'étroit dans leur territoire ils souhaitent en conquérir d'autres ; enfin, des hordes hunniques de l'Asie centrale cédant au séculaire tropisme de leurs congénères se sont mises en marche vers l'ouest et causent sur leur passage les mêmes dégâts que leurs prédécesseurs. Les camps échelonnés du Caucase aux Carpates pour assurer la sécurité de l'empire n'étaient pas assez puissants pour les arrêter. Un coup d'arrêt s'imposait.

Telle aurait été la première cause du renoncement à Constantinople : à des milliers de kilomètres de la Corne d'Or, le salut de l'empire était en jeu.

Pacification

Attila quitte Arcadiopolis avec Bérik et s'enfonce vers l'est à la fin de l'année 444. Au-delà du rétablissement de la situation, il s'agit de renforcer la cohésion de l'immense ensemble dont il n'a pu que jeter les bases six ans plus tôt.

L'expédition va laisser derrière elle une longue traînée de sang mais elle atteindra son but : l'empire prendra corps. Il va ressembler à autre chose qu'une très vague confédération de nomades, dont beaucoup ignoraient lui appartenir, n'en ayant pour la plupart jamais entendu parler.

Le décompte de la répression générale et des purges particulières a été établi, non sans marge d'incertitude, mais très soigneusement.

Quarante mille hommes auraient péri au combat contre les troupes d'Attila et de Bérik. Quarante mille autres auraient été liquidés lors de massacres collectifs perpétrés par les mêmes troupes. Attila en personne, parce que le temps pressait, parce qu'il lui arrivait de ne pas pouvoir se retenir et, plus froidement, pour l'exemple, aurait dépêché de sa main un nombre ignoré mais néanmoins substantiel d'opposants. Dix mille autres sujets de l'empire seraient tombés lors de combats fomentés entre hordes antagoniques — Attila lançant celles qui lui étaient favorables contre celles qui l'étaient moins. Deux cent cinquante chefs de clans auraient été assassinés, victimes pour beaucoup d'« accidents de chasse », avec trois mille contestataires de moindre importance. On aurait décompté parmi les chefs exécutés une écrasante majorité de vieux, remplacés sur-le-champ par des jeunes aux yeux de qui naturellement Attila était le progrès.

Cette purge eut pour résultat que l'empire mérita enfin son nom : Attila y fut vraiment le maître. Si relâchée demeurât-elle, la centralisation qu'il avait imposée dans le sang lui conférait autorité partout.

Les allégeances reconnues s'exprimèrent par le don d'une quantité considérable de femmes, données en gage d'alliance ou de soumission. Attila et Bérik en auraient ramené une centaine chacun, filles ou veuves de chefs divers revenus dans le droit chemin. Les plus importantes, épouses ; les autres, concubines. Ils en distribuèrent la plupart à leurs officiers.

L'affaire avait occupé l'année 445.

Pendant ce temps, Édécon veillant toujours devant Constantinople, Onégèse est autorisé à pénétrer en Macédoine. Les deux hommes établissent ensemble un plan de campagne. Les forces romaines qu'ils trouveront devant eux sont de deux sortes : mercenaires barbares et légions disciplinées.

Les Huns en sont à peu près là eux aussi. Il y a les Huns classiques, archers des steppes individualistes rivés à leurs chevaux pour le meilleur et pour le pire, et des formations d'infanterie instruites à la romaine, imitations honorables des fameuses légions. À chaque rencontre on avancera les éléments les mieux à même de bousculer l'ennemi. Édécon s'attache particulièrement à construire les machines de siège dont l'absence réduit les Huns à contourner les places qu'ils rencontrent ou à les affamer, dans le premier cas laissant derrière eux un adversaire intact, dans le second perdant du temps et l'avantage de leur vitesse.

Ces préparatifs réclament des délais. Théodose se rassure. Il a tort.

Onégèse entre en Macédoine à la fin de 445. La patrie d'Alexandre le Grand est mal défendue. Les mercenaires du Calligraphe s'enferment dans leurs forts et se gardent d'en sortir, laissant tout le pays aux Huns.

Onégèse ne se presse pas. Il essaie sereinement les balistes et catapultes qu'Édécon lui a fournies contre les garnisons qui se croyaient en sûreté dans leurs retranchements. Ses engins sont perfectibles, mais les résultats sont là. Les forts tombent tour à tour et leurs occupants sont exterminés — à moins qu'il ne leur donne le choix de grossir ses troupes.

Il passe en Thessalie, laissant l'Olympe derrière lui. Deux armées romaines se présentent successivement pour l'arrêter. Il leur oppose ses légions de front et les fait déborder par des masses de cavaliers. Elles sont détruites toutes les deux. Les survivants s'enfuient les uns vers Athènes, les autres vers Constantinople où, ralliant les troupes d'Aspar, ils y renforcent le découragement.

Tout cela prendra près de dix-huit mois. À l'automne de 447, ayant laissé Édécon devant Constantinople pour envahir la Grèce, Onégèse est aux Thermopyles.

Le bilan de la campagne — sous bénéfice d'un inventaire impossible aujourd'hui — serait de quatre-vingt-cinq places emportées et détruites ; dix-neuf en Macédoine, neuf en Thrace, cinquante-sept en Thessalie.

À la fin de l'année, Attila triomphant arrive en grand arroi à Arcadiopolis. Onégèse, rentré de Grèce, fait manœuvrer son armée devant Athyras sous les yeux des défenseurs de Constantinople. Les exhibitions de son artillerie, constamment renforcée par de nouvelles machines, achèvent de démoraliser les derniers soldats du Calligraphe. La négociation, juge Attila, peut s'ouvrir.

Négociation 1

Il convoque Oreste, lui commande de prendre langue avec Aspar qu'il connaît et lui donne ses instructions, subtil mélange de froid et de chaud.

Le général de Théodose s'entend dire d'abord que l'empereur des Huns est décidé à prendre Constantinople, quel qu'en soit le prix, devrait-il dégarnir ses frontières et recruter jusqu'en Chine pour renforcer ses effectifs. Si, par invraisemblable, Aspar l'emportait, Théodose ne régnerait plus que sur des cadavres et des affamés...

Mais Attila ne désire ni la fin de l'empire romain d'Orient, ni sa ruine. Il ne voulait que se venger. C'est fait. Il a rendu au centuple les insultes subies jadis. Il est satisfait et ne veut plus que la paix. Que Théodose la demande et tout ira bien. Étant donné la situation, c'est à lui de la demander.

Quel en sera le prix ? demande Aspar. De l'or. De l'or surtout. Il y aura bien à définir quelques rectifications de frontières, mais c'est de l'or que veut Attila. L'or a toujours fasciné les Huns, rappelle le Grec Oreste au Romain Aspar, puis Attila est ruiné. Ruiné par sa conquête.

Aspar enregistre. Se rend au palais impérial, souffle à Théodose de demander la paix, comme Attila le lui conseille.

La paix ? Le Calligraphe a beaucoup de mal à croire en son bonheur. Il se voyait perdu.

Les pourparlers commencent. Attila envoie Scotta — Mongol de concours, très laid, très sale, très puant — énumérer ses conditions. Théodose refuse de recevoir cette créature répugnante. Son spathaire s'en chargera, lui fait-il dire, il a délégation pour tout. Le spathaire, c'est le porte-épée qui est en même temps le grand eunuque. Il s'appelle Chrysaphius.

Les conditions sont les suivantes :

Le grand eunuque confirmera que la négociation s'est ouverte à la demande instante de l'empereur romain d'Orient. C'est lui qui demande la paix.

L'expédition qu'Attila s'est vu contraint de commander entraîne indemnité. Chrysaphius s'étonne : c'est l'empire d'Orient qui a souffert. Peut-être, répond Scotta, mais l'expédition rendue nécessaire par l'invraisemblable comportement de l'empereur d'Orient a désorganisé l'économie hunnique. Il faut réparer le préjudice. Chrysaphius se tait.

Selon le traité de Margus, les évadés romains devaient être rachetés au prix de huit pièces d'or par tête. Or le compte n'y est pas, il s'en faut de beaucoup. Conséquence, le prix augmente. De huit pièces, il passe à douze.

Le tribut annuel déjà versé par l'empire d'Orient à celui des Huns sera porté à deux mille cent pièces d'or.

Chrysaphius consent à tout.

Reste le règlement des questions territoriales... s'inquiète-t-il tout de même. On verra cela plus tard, répond Scotta.

Théodose signe sans un mot le traité que lui présente son grand eunuque. Scotta l'apporte à Attila.

Passé le froissement d'amour-propre, Chrysaphius se frotte les mains. Il est en charge des finances. C'est à lui de recouvrer les impôts supplémentaires qui seront perçus pour payer le tribut. Sa fortune n'en souffrira pas.

Deux mois plus tard, Scotta revient, élevé au rang d'ambassadeur. L'empereur qui l'avait dédaigné est tenu cette fois de le recevoir. Le grand eunuque tombe de haut : Attila a chargé Scotta du contrôle des impôts affectés au paiement de l'indemnité. L'ingérence est extraordinaire et l'impudence inégalable. Théodose accepte encore. Scotta et ses comptables vont tout vérifier. Chrysaphius va remâcher sa rage et ne pardonnera pas.

La vengeance est maintenant parfaite. L'empereur et l'empire d'Orient ne sont plus que des mots dont l'existence même ne tient plus qu'à la discrétion de l'empereur des Huns. « Il vaut mieux créer un nom que de traîner le sien », lancera Voltaire un jour au chevalier de Rohan qui lui reprochait son pseudonyme, Attila et Théodose auraient pu lui inspirer cette maxime. Théodose II n'est plus empereur que de nom. Qu'est-ce qu'un empereur tributaire ?

La situation qui prévalait depuis des siècles

dans la sphère romaine est inversée : à présent ce sont des Barbares qui perçoivent tribut. Attila a épargné ses armées qui auraient pu se casser les dents contre les Blachernes ; il s'est enrichi. Il est l'arbitre de l'Europe et sa terreur.

Métrophobie ?

Pourtant il n'est pas entré à Constantinople et l'Europe entière se demande pourquoi. En vertu de quel accord secret ? Ou de quelle faiblesse ? Le symbolisme de la capitale n'est pas moins fort au Ve siècle qu'il l'a toujours été. L'entrée dans la capitale ennemie est la preuve la moins discutable de la victoire. Attila a refusé de l'offrir.

On se perd en supputations.

Aétius aurait dit « pas plus loin » à son ami de trente ans.

Attila se serait contenté d'avoir mis à genoux — c'est à peine métaphore — un empereur inconsistant ; ajouter le fardeau de l'empire d'Orient à celui du sien ne l'aurait pas intéressé.

Entrer à Constantinople ? Vanité. Le Hun est homme des steppes pour qui les villes sont des prisons. C'est l'infini qui est son royaume, sa capitale est où il est.

Peu nombreux sont ceux qui le créditent d'une modération profonde, qui serait sagesse supérieure. Pour la plupart, le Hun, nomade inguérissable, est incapable de voir au-delà de la rapine et de la rançon. Il le devine mieux que personne : le pillage de Constantinople serait fabuleux, mais la rançon qu'il en a tirée ne l'est pas moins dans un registre plus subtil, celui de l'humiliation.

Ses critiques ne veulent pas lui reconnaître cette subtilité. Pour eux, le Hun reste le Hun. Il peut parler grec et latin, échafauder les combinaisons les plus sagaces, manifester des aptitudes confondantes à la diplomatie, il reste un Barbare.

Moins nombreux encore sont ceux pour qui l'empereur des Huns n'aurait jamais eu l'intention de s'emparer de Constantinople. Pour ceux-là, il se serait évertué à le laisser croire au profit d'autres desseins, impénétrables en 448 autant qu'en 2005. Aussi ne sont-ils pas pris au sérieux.

Une question d'un autre ordre échappe toutefois à l'accumulation des hypothèses rationnelles : Attila était-il fou ? Le thème du prince dément est l'un des plus littéraires et même poétiques qui soit. Le monarque irresponsable — l'expression est pléonasme, mais celui-ci est régulièrement ignoré — est un classique du théâtre mondial. Quelle eût été la folie d'Attila ?

La peur de vaincre, la crainte d'écraser, d'aller trop loin, trop haut, trop fort. Le refus d'être trop grand. Ne pas abuser de talents déjà incomparables. Un souci métaphysique de modestie non pas seulement chez les conquérants mais aussi chez les hommes quelconques.

Le forfait devant Constantinople n'est que le premier d'une série jusqu'à la retraite de Champagne après les champs Catalauniques. Son destin la rendra définitive, mais il n'est pas interdit de penser que s'il avait pu mener la grande offensive qu'il préparait contre l'empire d'Occident agonisant, il en aurait été de même.

Au moment de conclure, de porter le coup fatal à cette structure condamnée, quelque chose une fois de plus l'aurait empêché de transgresser quelque règle absolue et informulée parce que sans doute informulable, incompréhensible aux humains ordinaires, et de consommer son triomphe.

Attila, cet homme extraordinaire, aurait respecté cette règle pour soi seul puisqu'elle n'était intelligible qu'à lui. L'incompréhension fut donc générale avec une espèce de stupeur qui l'une et l'autre ont traversé les siècles.

L'hypothèse d'une certaine démence se confond avec celle d'un certain désintérêt : le Fléau de Dieu n'ayant eu que faire de triomphes ostentatoires — entrer vainqueur à Constantinople et de même à Rome —, les amateurs d'ostentation l'ont déclaré fou, pareil désintérêt leur étant incompréhensible. On connaît la fanfaronnade de Barrès — « Tout avoir pour tout mépriser » —, expression d'une petitesse d'autant plus navrante qu'il y voyait de la grandeur et qui le révèle bourgeois de Flaubert — « J'appelle bourgeois quiconque pense bassement » — car ce « tout avoir » ne concernait pour lui que les honneurs et profits matériels disponibles en son temps, la charnière des XIXe et XXe siècles, lesquels sont toujours les mêmes : décorations, distinctions et titres qu'il faut toujours avoir acceptés sinon recherchés, si bien que le mépris dont on prétend les accabler ne peut être que le mépris de soi-même. Attila n'aura pas à se mépriser.

Négociation 2

Les réparations atteindront six mille livres. Leur règlement, orchestré par Scotta et ses comptables, sera promptement effectué.

Il fallut, paraît-il, pressurer les riches, tourmenter les pauvres n'aurait pas suffi.

Jamais sans doute l'empereur des Huns n'aura mieux mérité son surnom magnifique — Fléau de Dieu — qui le rattache directement au *Magnificat* de la Bible où il est dit que Dieu « renvoie les riches les mains vides ». Les riches de l'empire d'Orient vont se lamenter lamentablement, tandis qu'Attila ne comptera pas l'argent qu'il leur aura arraché, il a autre chose à faire : négocier sur le fond. Mener à bien la grande négociation qui doit régler la question d'Orient.

Maintenant négocions, propose Attila.

Négocions quoi ? Négocier... affolant mystère pour un empereur si décadent que ce mot même le transit, n'y pouvant voir à juste titre que l'accélération de sa décadence. Théodose est d'autant plus concerné que, pour les préliminaires de ce nouvel abaissement, Attila lui envoie ses deux bras droits principaux après Onégèse : Édécon l'Intraitable et Oreste l'Inflexible.

L'an 449 commence. Édécon et Oreste arrivent à Constantinople, accompagnés par le légat Vigilas qui les a accueillis à la frontière. Théodose les reçoit selon le protocole. Jamais il n'y eut si loin du protocole au cœur. Puis Vigilas les installe dans les appartements du grand eunuque.

Chrysaphius, en trente ans de carrière, a acquis une autorité qui le fait se croire invulnérable, surtout qu'il a les faveurs de l'impératrice Athénaïs, laquelle exerce elle-même sur l'empereur son mari le même type d'autorité que la maréchale d'Ancre sur Marie de Médicis — « du droit qu'un esprit fort et ferme en ses desseins a sur l'esprit borné des vulgaires humains ».

Chrysaphius a fait assassiner son prédécesseur. Il a cumulé les charges de porte-épée, de contrôleur des finances puis de Premier ministre. Théodose ne fait rien sans lui. Aussi, après trente ans de succès honteux, se croit-il irrésistible, croyant bêtement que tout s'achète et qu'il a de quoi tout acheter.

D'Oreste, il se méfie. Il a dit à Théodose et Oreste l'a su : « Comment Attila ose-t-il vous demander l'expulsion des Huns qui se sont mis à votre service alors que son principal ministre est un transfuge romain ? »

Édécon lui paraît plus accessible. Homme des steppes austères, la splendeur de la cour d'Orient le laisse éberlué. Les marbres, les porphyres, les ors, les jades, les tentures brochées, il n'a jamais rien vu de pareil et ne cache pas son admiration. Il faut le tenter.

Chrysaphius l'invite seul à dîner. Le repas est d'un raffinement et d'un luxe étonnants. À mesure que défilent les plats dont le Hun n'aurait pas rêvé, sa fascination s'accroît. Chrysaphius se lance : il ne tient qu'à Édécon de posséder tout ça... Le mouvement de bras du grand eunuque est assez large pour dépasser la table, la salle, le palais, toute idée de fortune mesurable, évoquer la plus grande fortune du monde. Mais comment ? La mort d'Attila mettrait Théodose aux pieds d'Édécon.

Audacieuse entreprise... commente Édécon.

La suite est dans Priscos, le Grec qui fut ambassadeur pour Théodose auprès d'Attila.

Édécon entre dans le jeu. S'il était d'accord, il lui faudrait d'abord une somme, d'ailleurs modique, pour acheter quelques soldats. Modique ? Cinquante livres.

Chrysaphius propose aussitôt de les lui remettre sur-le-champ. Impossible, juge Édécon. Si modique que soit la somme, elle est trop importante pour la cacher facilement. On me soupçonnera. Comment faire ? Attacher Vigilas à l'ambassade qu'enverra Théodose pour conclure les négociations et lui remettre l'or. Chrysaphius admire l'astuce. Ils tombent d'accord.

Édécon demande quand même à voir secrètement l'empereur pour confirmation. Bien sûr, dit Chrysaphius. Mais Théodose n'est pas prévenu, il faut d'abord le convaincre. Chrysaphius va s'en occuper mais on ne voit pas l'empereur comme ça, l'affaire va demander quelques jours. Édécon comprend.

Le Calligraphe ne sait rien encore du projet de son spathaire, mais les exigences d'Attila, qui seront dévoilées dans quelques heures — la négociation sur le fond doit commencer demain —, seront telles certainement qu'il ne se contiendra plus. De rage, il l'approuvera, calcule Chrysaphius.

C'est Oreste qui le lendemain expose les exigences de l'empereur des Huns. Elles sont au nombre de sept.

Annexion des terres conquises à l'ouest du Danube, la frontière étant fixée à cinq jours de marche de sa rive occidentale.

Annexion de la Pannonie Seconde et du sud-est de la Pannonie Première avec Sirmium.

Naissus, ville natale de Constantin le Grand, deviendra ville frontière et les grands marchés danubiens de l'empire d'Orient, dont Margus, seront englobés dans l'empire hun.

Athyras et Arcadiopolis recevront des garnisons permanentes de Huns.

Interdiction à tout Romain de cultiver des terres et de commercer dans les nouvelles possessions hunniques sans autorisation.

Livraison immédiate de tous les transfuges.

Engagement de n'envoyer en ambassade auprès de l'empereur des Huns que des Romains de haut rang.

Martial, maître des offices, qui représente Théodose avec Chrysaphius, « craint fortement » que son maître ne puisse accepter ces conditions draconiennes. Édécon est certain que pour le sien c'est à prendre ou à laisser, ajoutant toutefois :

> Nous ne sommes pas ici pour régler la question mais pour exposer à votre empereur les intentions du nôtre. Nous vous laissons le soin d'informer le vôtre, mais nous désirons qu'il nous reçoive et nous dise lui-même ce que nous devons rapporter au nôtre[10].

Chrysaphius rend compte à Théodose. Les prétentions d'Attila sont exorbitantes. L'empereur n'aura point de paix Attila vivant, insinue-t-il. L'empereur approuve. Que faire ? demande-t-il.

« Me laisser faire, répond Chrysaphius.

— Mais encore ?

— Attila doit disparaître. »

Théodose approuve. Chrysaphius lui révèle qu'il a pris les devants et lui détaille la mission de Vigilas. Théodose approuve toujours.

Il enverra quand même à Attila un ambassadeur très distingué comme le Hun l'a demandé pour le prestige de son empire. Ce sera le comte Maximin, le plus haut diplomate de l'empire d'Orient et de surcroît, tout arrive, honnête à en pleurer. Il sera plénipotentiaire et portera le sceau de l'empire.

Théodose convoque Maximim, l'informe qu'il n'attend rien de bon de son ambassade car Attila est intraitable et ne cherche qu'à l'humilier. « Ne vous laissez pas humilier », lui recommande-t-il instamment, sans rien lui laisser soupçonner de ce qui se prépare.

Après Maximin, il reçoit Vigilas, lui confirme sa mission — liquider Attila —, l'assortissant de la promesse de grandes récompenses.

Maximin demande à choisir son escorte. Ainsi réclame-t-il le jeune Grec Priscos qui tiendra le journal de l'expédition — source capitale d'informations sur les Huns en général et Attila en particulier — et pour secrétaire Vigilas, « parce qu'il connaît bien déjà les ambassadeurs d'Attila ».

Chrysaphius est comblé. Il n'avait pas osé espérer que Maximin voulût lui-même, en toute innocence, s'adjoindre le caissier du crime.

La grande audience réclamée par Oreste a lieu le soir même. Pour une fois, Théodose s'y montre impérial. Impérial et insensé car afin d'en finir et de régler pour toujours son différend avec l'empereur des Huns, il propose un arbitrage et choisit pour arbitre l'homme de confiance d'Attila, Onégèse en personne.

Cet éclat est sans doute l'apogée du règne de Théodose. Apogée d'une inconséquence à ce point mystérieuse qu'elle défie l'entendement. Personne à ce jour n'a pu lui fournir d'explication sérieuse. Théodose s'est livré à son ennemi. La chose est si extravagante qu'on a même proposé d'y voir une volonté chrétienne d'expiation qui aurait trahi de confuses aspirations à une sorte de sainteté. Ou bien, excédé, Théodose aurait été frappé d'hystérie. À moins qu'il n'eût été si sûr de l'assassinat d'Attila qu'il se soit permis de dire n'importe quoi, plus rien n'ayant d'importance… On n'en saura jamais rien.

« Votre maître peut être assuré que je me conformerai absolument à la sentence d'Onégèse », tels auraient été ses derniers mots avant un majestueux retrait dans ses appartements.

Puis il reçoit en secret Édécon — le croyant membre du complot — en présence de Chrysaphius et de Martial, le maître des offices. « Tout ce que vous a dit et promis mon fidèle et dévoué spathaire est voulu, ordonné, garanti par moi. »

Édécon s'incline et sort et va tout dire à Oreste. Oreste entrevoit aussitôt une occasion inimaginable : couronner Attila d'une auréole de victime, habiller le loup des steppes en agneau. La défroque sera utile à faire chanter Constantinople.

Édécon et Oreste retrouvent Attila à Buda. Si peu naïf qu'il soit, l'empereur des Huns est sidéré par ce qu'ils lui apprennent ; au point, effusion rare, de les serrer paraît-il tous deux sur son cœur.

Onégèse est convoqué. Le quatuor accorde ses violons. On appelle Esla. Il part aussitôt pour Constantinople porter à Théodose la réponse d'Onégèse à sa proposition d'arbitrage. C'est un refus ; Onégèse est infiniment flatté mais il ne peut pas accepter. Il développera sa position devant le comte Maximin dès qu'il aura l'honneur de le rencontrer.

Deux jours plus tard, Théodose II donne sa réponse aux exigences d'Attila, en présence des principaux de l'ambassade prête à partir chez les

Huns : Maximin, Vigilas, Priscos et leurs adjoints directs.

La délimitation des nouvelles frontières de l'empire hun au-delà du Danube ne doit pas se faire selon la règle sommaire des « cinq jours de marche » à partir du fleuve. Une commission mixte s'en chargera qui tiendra compte de l'histoire des territoires concernés et des intérêts des autochtones.

Les Pannonie, Première et Seconde, reviendront à Attila comme il l'a demandé.

Les plaines et vallées du Margus et le Nichava seront neutralisés. La région franche ainsi constituée avec ses marchés traditionnels sera contrôlée par une police mixte, composée à parts égales de Huns et de Romains.

À propos des garnisons hunniques réclamées par Attila devant Constantinople, Théodose propose des garnisons mixtes, exception faite pour Athyras où, si Attila y tient, il pourrait n'y avoir que des Huns.

Création d'une commission mixte permanente qui délivrerait seule les autorisations de culture, de commerce et de circulation aux Romains et aux Huns au-delà des limites frontalières.

Enfin Théodose accepte une fois de plus de livrer les transfuges. Il en a compté dix-sept.

Maximin se met en route avec ce message, le sceau impérial et les dix-sept transfuges pour Athyras où l'attend la garde qui doit le conduire jusqu'à l'empereur dont personne chez les Romains ne sait où il se trouve.

Ambassade

Les Huns d'Athyras conduisent en treize jours l'ambassade à Sardique qui est en ruines. Elle y passe un jour et une nuit. C'est là que fut prononcée la phrase qui devait définir les Huns pour des siècles. Elle n'est pas d'Attila, elle n'est même pas d'un Hun. Elle est dans le *Journal* de Priscos[11] :

> Sardique. Voilà treize jours que nous avons quitté Constantinople. Nous nous installons, tant bien que mal, dans des maisons en ruines pour passer la nuit. La ville a été rasée de fond en comble par les Huns pendant leur expédition de 441. Un de nous a fait pendant le dîner des allusions à la fureur destructrice de ces cavaliers : « Là où ils passent, a-t-il dit, l'herbe ne repousse pas. » À ces paroles, qui auraient dû les remplir de honte, les Huns ont poussé des cris de triomphe. On aurait vraiment cru qu'ils prenaient cela pour un éloge.

Le convoi atteint Naissus, laquelle n'est plus peuplée que « de vieillards et d'infirmes » gémissants. On traverse une plaine « jonchée de squelettes », dont les habitants amènent des bœufs et des moutons pour la nourriture de l'ambassade et de son escorte. Les Huns « déchirent à belles dents la chair sanglante » que les Romains font rôtir. Les cours d'eau sont franchis dans des barques d'écorce que les bateliers huns dirigent habilement en évitant les remous. Le Danube est passé de la sorte et les Huns disparaissent.

Les Romains déconcertés dressent un campement dans la plaine.

Un chef, nommé Scotta, qui semble jouir d'un grand crédit auprès d'Attila, entre dans notre camp avec une nombreuse escorte de notables parmi lesquels nous reconnaissons Édécon et Oreste. Avec un sans-gêne incroyable, Scotta nous a demandé quel était le but de notre ambassade. Dignement, Maximin répondit qu'il devait remettre un message à Attila lui-même. [...] Scotta s'esclaffe, nous dit qu'il connaît parfaitement ce message et pour nous le prouver, nous le récite mot à mot. Et il ajoute : « Si vous n'avez rien d'autre à nous dire, vous pouvez partir. »

Suffoqué par cette insolence et la trahison qu'elle révèle, Maximin garde assez de sang-froid pour suivre le conseil de Théodose : il ignore la provocation et donne l'ordre du départ. Là-dessus Scotta s'humanise, lui demande d'attendre le lendemain, lui fait remettre un bœuf sur pied et des paniers de poisson. Maximin hésite, se fait prier par son entourage. Vigilas est le plus véhément à conseiller de rester, rompre là serait une folie, soutient-il.

Maximin hésitait, mais nous le pressâmes de consentir à cette trêve et nous nous couchâmes après avoir soupé de bon appétit.

J'ai fort bien dormi mais un rêve m'a conseillé de me méfier de Vigilas.

Pourquoi s'est-il tant démené pour sauver l'ambassade ?

Au matin, Priscos discute avec un Gaulois nommé Rustique venu reconnaître quelles relations commerciales il pourrait nouer avec les Huns. (En vérité, ce Rustique est un agent d'Attila.) Il ne fait pas partie de l'ambassade mais Maximin l'a autorisé à la suivre. Il parle couramment le hun et il a conversé avec Scotta à plusieurs reprises. « Si vous voulez être reçu par Attila la recette est simple, assure-t-il. Venez avec moi chez Scotta avec quelques présents d'amitié et demandez-lui d'intercéder auprès d'Attila pour qu'il reçoive votre ambassade sans la faire plus attendre. »

Priscos va voir Scotta devenu très aimable. Il fera au mieux. Priscos n'a pas fini d'informer Maximin de sa démarche que Scotta arrive au galop : Attila veut les voir tout de suite.

Les Romains rassemblés en hâte traversent le camp de Scotta jusqu'à une vaste tente entourée « de tant de soldats que nous eûmes grand-peine à en atteindre l'entrée ».

Attila vêtu de blanc et rasé à la romaine est assis sur un tabouret de bois entouré de dignitaires habillés « d'étoffes délicates et bariolées, écrit Priscos, volées sans doute chez les Chinois et les Persans, brodées d'oiseaux et de fleurs, de la plus belle facture ».

Pour Priscos, ces belles soieries sont sans aucun

doute volées ; c'est dire dans quelle estime il tient les Huns en général.

Maximin remet à Attila le message de Théodose en même temps qu'il lui transmet ses vœux de bonne santé.

« Qu'il arrive aux Romains tout le bien qu'ils me souhaitent ! » réplique Attila. Puis il désigne Vigilas et l'apostrophe ainsi : « Brute impudente, comment oses-tu te présenter devant moi ? Ne savais-tu pas qu'aucun ambassadeur romain ne devait être reçu tant que mes déserteurs n'auraient pas été livrés ? »

Vigilas proteste : les déserteurs sont là, il y en a dix-sept. Les dix-sept de la liste de l'empereur.

Attila fait lire sa liste à lui ; elle comprend trois cents noms.

Maximin veut parler, Attila le fait taire et revient à Vigilas. Il le ferait crucifier, lui dit-il, n'était son immunité diplomatique, et il lui enjoint de partir sur-le-champ pour Constantinople sous forte escorte et la surveillance d'Esla pour ramener les transfuges manquants.

Maximin veut parler. Attila le fait encore taire. Alors Maximin lui tourne le dos et se dirige vers le seuil de la tente, faisant signe à ses compagnons de le suivre. Attila se lève et parle. La question des transfuges est une question de principe. Il ne peut pas admettre que des Huns soient à la solde d'une puissance étrangère. Vigilas était chargé d'exécuter sur ce point les accords passés entre lui-même et l'empereur d'Orient. Il lui donne l'occasion de réparer sa faute. Maximin ne peut que trouver cela juste. Attila lui demande enfin de rester près de lui avec son ambassade et de l'accompagner dans sa capitale où il doit prochainement se rendre. C'est là-bas qu'il lui remettra sa réponse à Théodose, car il doit y recueillir les avis nécessaires.

Maximin autorise Vigilas à partir avec Esla, fait remettre à l'empereur des Huns les cadeaux qui lui sont destinés et se retire dans la tente tapissée de riches fourrures qui lui est réservée.

Le départ vers la capitale d'Attila a lieu quelques jours plus tard. Quelques jours encore et Scotta informe Maximin qu'il va devoir poursuivre seul sa route, car Attila doit faire escale pour épouser la fille du roi scythe Eskam qui est l'un de ses conseillers et aucun étranger ne peut assister à la cérémonie.

Priscos dans son journal se moque de ce mariage, Attila s'étant, écrit-il, marié déjà plus de deux cents fois.

Les Romains avancent péniblement dans un pays plat, marécageux et désert. Un ouragan jette les tentes dans une rivière. Enfin ils arrivent à un village. Ils y sont très bien accueillis par l'une des veuves de Bléda qui leur offre « des vivres et des femmes pour la volupté. Nous avons pris les vivres et laissé les femmes, car nous étions brisés de fatigue et accablés de sommeil ». Maximin offre à la reine en remerciement « trois coupes d'argent, des fourrures teintes de pourpre, du poivre d'Inde, des dattes, toutes choses que ces Barbares apprécièrent d'autant plus qu'elles leur étaient inconnues », ne craint pas de conclure Priscos qui sous-estime régulièrement les connaissances des Huns.

Ils repartent, rencontrent une caravane où l'on parle latin, un latin excellent « sans cet accent barbare que les gens d'ici ne perdent jamais, si long qu'ait pu être leur séjour à Rome... ».

Cette caravane est une ambassade de l'empereur d'Occident envoyée auprès d'Attila pour limiter les conséquences d'un incident grave. Elle est conduite par le comte Romulus, l'un des plus grands seigneurs de Rome, de surcroît beau-père d'Oreste, à qui est adjoint le noble Tatulle qui est le père d'Oreste. Ah, que le monde est petit !

Les deux missions font route ensemble, arrivent à la capitale de l'empire des Huns. Palais, maisons de bois, tentes, chariots et les thermes en pierre d'Onégèse que Priscos enfin épaté va décrire en détail.

On ne sait pas où s'élevait cette agglomération qui était sans doute l'*Etzelburg* — qui veut dire Fort-Attila — de la légende des Nibelungen. C'était quelque part à l'est de la Tisza dans la grande *Puszta*. On n'a pas trouvé trace de son élément le plus durable, les thermes d'Onégèse, malgré de nombreuses fouilles.

Les Romains sont logés à côté du palais d'Onégèse. Maximin lui expose sans tarder le souhait de son empereur : qu'il veuille bien être arbitre entre les Huns et les Romains. Onégèse se récrie. C'est impossible. Il n'est plus grec, il est complètement hun maintenant, comme sa femme et ses enfants. Jamais il n'agira contre le souverain qui lui a donné sa confiance. D'ailleurs Esla est en route pour Constantinople avec sa réponse à l'empereur Théodose.

Ce récit, tiré du journal de Priscos, laisse entendre qu'Onégèse a cru qu'on lui demandait sinon de trahir du moins d'oublier les intérêts d'Attila par cette procédure d'arbitrage. Maximin est allé voir Onégèse sans Priscos et celui-ci n'a pu fournir qu'un récit tronqué.

Il écrit encore, confirmant son imprécision : « Ces paroles nous déçurent un peu, car nous avions espéré gagner le Grec à notre cause. » Ce dont il n'avait jamais été question, la cause étant perdue d'avance. Priscos n'est pas un politique.

Jeune marié une fois de plus — le compte exact est impossible en l'absence d'archives quotidiennes —, Attila revient dans sa capitale. Des jeunes filles vêtues de blanc portent un dais sous lequel d'autres jeunes filles passent sept par sept — chiffre porte-bonheur —, chantant des chants de bienvenue. Elles précèdent les époux tandis que massée le long du chemin la population les acclame. La mariée est jeune et jolie. Les jeunes filles vont la conduire à sa résidence, tandis qu'Attila va s'avancer vers son palais.

Le chemin passe devant celui d'Onégèse. Il est absent, sa femme est sur le seuil et s'incline devant l'empereur qui arrête sa monture. Elle le prie de daigner accepter un repas. Il y consent, restant à cheval. Deux guerriers hissent à sa hauteur une table d'argent chargée de victuailles et de coupes pleines. Attila mange, Attila boit, Attila remercie et part. Des musiciens arrivent et prennent la tête du cortège. Attila entre chez lui, se déclare fatigué et demande qu'on ne le dérange pas.

Les Romains des deux ambassades qui n'ont rien manqué de cette réception nouvelle pour eux regagnent leurs demeures. Ils y trouvent une invitation de la reine Onégèse à souper chez elle le soir même. Ils y retrouveront « tous les grands personnages du pays ».

Deux jours plus tard, c'est Attila qui les invite chez lui.

La table était mise dans une longue salle décorée de poutres sculptées. Attila sur une estrade était assis sur un banc couvert de fourrures et de tapis multicolores. Les Huns étaient déjà attablés quand nous arrivâmes. À l'entrée, on nous remit une coupe de vin que nous devions boire en saluant l'empereur [...]. Nous prîmes nos places à la table royale. Maximin objecta à ce qu'un simple chef hun, Bérik, fût assis plus haut que lui, mais on ne tint pas compte de sa remarque. En revanche avant le repas, Attila salua chaque convive notable suivant l'ordre des préséances et but à sa santé une coupe ; l'hôte honoré répondait en buvant à son tour. On servit d'énormes plats chargés de viandes et de venaisons. La vaisselle était d'argent et d'or mais sur la table d'Attila, il n'y avait qu'une assiette de bois pleine de viande et une coupe de bois pleine de vin. Chaque convive se servit à son gré dans le plat qu'il avait devant lui, l'usage défendant de toucher aux mets éloignés de soi. Je ne pus de ce fait goûter à des ragoûts curieux qui avaient éveillé mes désirs [...]. Le repas fini, deux aèdes vinrent chanter les exploits des Huns d'autrefois et les victoires d'Attila.

Seul, Attila restait grave et ne parlait pas. Son fils aîné Ellak était assis à côté de lui dans un maintien respectueux et par déférence pour lui n'osa pas lever les yeux de toute la soirée [...]. Quand les aèdes furent partis, un vieux guerrier apporta dans ses bras un bébé ; c'était Ernak, le plus jeune fils d'Attila qui fut accueilli avec des clameurs de joie et que chaque convive caressa. Puis un guerrier le déposa sur l'estrade de son père. Je vis alors un sourire éclairer ce visage dur et froid. Attila lui tapota la joue et le serra sur son cœur. Comme je m'en étonnais, mon voisin me table me dit que selon des prédictions cet enfant perpétuerait seul la race royale. Je compris alors la tendresse et l'orgueilleuse affection du père. Puis des bouffons parurent [...] et la gaieté devint du délire lorsque le Maure Zercon vint faire ses tours [...]. Je profitai du tumulte, ayant trop bu, pour sortir.

Il y eut tous les jours un festin semblable, le plus souvent au palais de Kerka sans que fût abordée la question d'Orient. Un soir enfin Attila annonce à Maximin qu'il veut lui parler. Mais ce n'est que pour rappeler une forfaiture de Théodose. Celui-ci avait promis un riche mariage à Constant, notable pannonien envoyé par Aétius pour lui servir de secrétaire, et il n'a pas tenu parole. Il la tiendra certainement, ne peut que répondre Maximin, cependant décontenancé. Attila poursuit : aucune réponse ne sera donnée à l'empereur d'Orient avant le retour de Vigilas et des déserteurs qu'il convoie. Il autorise l'ambassade à retourner à Constantinople. Maximin se récrie diplomatiquement : il n'est pas venu jusqu'ici pour être renvoyé sans avoir abordé l'essentiel. Rien n'y fait, dès le lendemain matin, Attila fait porter des cadeaux d'adieu aux membres de la délégation. Son ministre Bérik les accompagnera jusqu'à Constantinople, par amitié pour Maximin, bien que Vigilas ne soit pas revenu. Bérik sera porteur de sa réponse personnelle à l'empereur d'Orient, qui n'est connue que de lui seul. Le camouflet à Maximin ne pouvait pas être plus flagrant.

Nous regrettons les festins d'Attila. Viande rôtie et lait de jument composent notre ordinaire. La route est longue et le voyage monotone. La route est bordée de crucifiés, de pendus et d'empalés. Un malheureux lié à un poteau est égorgé devant nous. Bérik nous dit que ce sont des traîtres, des espions, des déserteurs. La sécurité d'Attila exige ces châtiments. À la frontière, nous rencontrons Vigilas qui retourne chez Attila. Il a reçu une mission très importante, nous dit-il avec des sourires pleins de sous-entendus.

Échec au complot

À Constantinople, Chrysaphius lui a demandé pourquoi Attila n'avait pas déjà été assassiné. Vigilas a répondu qu'il fallait soudoyer plus de gardes que prévu. Ce n'était plus cinquante mais cent livres d'or qu'il fallait. Cinquante de plus, peu de chose... Le grand eunuque en était convenu : Attila pour cent livres, c'était pour rien.

Les cinquante livres supplémentaires sont comptées séance tenante. On rajoute sept déserteurs au contingent déjà rassemblé pour faire bonne mesure. Chrysaphius réassure à Vigilas que sa fortune est faite. Ce dernier ainsi conforté est si remonté qu'il emmène son fils Prophyme, âgé de vingt ans, pour lui montrer comme on se défait d'un empereur gênant.

À peine sont-ils arrivés à la capitale des Huns qu'Esla, leur mentor, désigne à Prophyme une résidence à part — une petite tente, flanquée de gardes. Puis il fait désarmer l'escorte de son père et la fait conduire dans un enclos cerné de guerriers. Vigilas, ligoté sur place, est jeté dans un souterrain.

Le lendemain, on l'amène devant Attila, entouré

d'Édécon, d'Oreste et d'autres officiels. Prophyme est là aussi, assis sur un banc entre deux gardiens.

Attila demande à Vigilas pourquoi il s'est laissé jeter en prison sans demander à lui parler comme il le devait pour lui raconter son voyage. Il répond qu'il n'y peut rien, qu'on ne l'a pas laissé parler.

Pourquoi avait-il tant d'or avec lui ? demande Attila. Tant d'or ? Cinquante livres, ce n'est pas Golconde, répond Vigilas sans faiblir. « Je devais vous les remettre », ajoute-t-il.

De la part de qui, en quel honneur ? De la part de Chrysaphius en rançon des évadés. Et les autres ? Les cinquante autres ? Elles étaient destinées à acheter des chevaux. Attila a interdit aux membres des missions romaines d'acheter quoi que ce soit dans son empire. C'est bien pourquoi la somme est intacte.

Alors Attila lui demande s'il n'aurait pas voulu, plutôt que des chevaux, acheter des complices.

Tout est mensonge, se défend Vigilas, calomnies d'Édécon qui a voulu le soudoyer.

« Tu es bien trop riche pour qu'on te soudoie, se moque Attila. Qui t'a demandé de me faire tuer par Édécon ?

— Personne !

— Tu ne veux pas nous le dire ? Tant pis. Ton fils nous le dira.

— Je ne sais rien », dit Prophyme.

Ignorant cette négation, Attila l'interroge.

« Je ne sais rien, répond le pauvre Prophyme.

— Bien, dit Attila. Il ne sait rien et ne sert à rien. Alors qu'il meure.

— Il ne sait rien ! hurle Vigilas. Je ne suis le complice de personne ! J'ai tout imaginé tout seul !

— Tu es bien trop bête », dit Attila.

Prophyme est jeté à genoux, une épée est brandie au-dessus de sa tête.

« Une dernière fois, demande Attila sans colère, qui t'a inspiré ?

— Chrysaphius ! crie Vigilas, et il s'évanouit.

— Je le savais depuis longtemps », dit Attila.

Peut-on croire ce qui pourtant a suivi ?

Quand Vigilas reprit ses esprits dans son cachot, Esla aurait été devant lui. Il lui aurait demandé ce qu'on allait faire de lui.

« Rien, aurait dit Esla.

— Et mon fils ?

— Il part demain pour Constantinople avec Oreste », aurait répondu Esla.

Il aurait encore annoncé à Vigilas son transfert dans la tente libérée par son fils et sa libération, contre paiement par Théodose d'une rançon symbolique. Vigilas ne l'aurait pas cru. Il aurait dit : « Théodose ne la paiera pas. » Esla aurait répondu : « Elle sera tellement symbolique qu'il la paiera. »

Constantinople. On annonce à Chrysaphius l'arrivée d'une délégation hunnique. Plein d'espoir, il s'avance à sa rencontre. L'ambassade est menée par Oreste. Le fils de Vigilas l'accompagne. Ignorant le grand eunuque, Oreste poursuit son chemin jusqu'au palais impérial où Théodose, fébrile, attend la bonne nouvelle. Oreste lui tend le mes-

1

1 Attila, illustration de R. Delamarre in *La Petite Histoire de France* de J. Brunhes et P. Defontaines, 1942.

« Le nom d'Attila est assez connu, mais tout le monde n'en connaît pas tout le caractère. Il était plus homme de tête que de main... » (Corneille, Attila, roi des Huns, *« Au lecteur »).*

2
3

« On a vu, et l'on voit encore, dans ce monde aux cheveux blancs, la famine, la peste, la dévastation, les guerres, la terreur. » Saint Eucher, évêque de Lyon.
(Lettre à Valérien sur le mépris du monde).

2 Maître de la Légende de sainte Ursule, *Le martyre de sainte Ursule par les Huns*, 1432. Londres, Victoria & Albert Museum.

3 Raphaël, *Rencontre de Léon Ier et d'Attila*, 1509-1511. Vatican, Chambres de Raphaël.

4 Eugène Delacroix, *Attila, suivi de ses hordes, foule aux pieds l'Italie et les Arts*, esquisse pour la fresque du palais Bourbon. Chantilly, musée Condé.

5 Albin Egger-Lienz, *Entrée du roi Etzel* (Attila) *à Vienne*, scène de *l'Épopée des Nibelungen*. Innsbruck, Landesmuseum Ferdinandeum.

4
5

ETZEL GOTTES GEISSEL.

ATTILA

König der Hunnen. Roi des Huns

433 - 453.

7

6 Etzel / Attila. Gravure anonyme.

7 Chromo publicitaire, 1905.

8 Sainte Geneviève arrêtant Attila. Illustration de Job pour *Allons enfants de la patrie. 33 poèmes de Jean Richepin*, 1920.

9 Le personnage d'Attila de l'*Attila* de Corneille. Gravure d'après Geffroy, 1884.

8

9

10
11

10 Anthony Quinn dans *Attila, fléau de Dieu*, de Pietro Francisci, 1954.

11 Jack Palance et Ludmilla Tchérina dans *Le Signe du païen* de Douglas Sirk, 1954.

12 Paata Burchuladze dans *Attila* de Verdi mis en scène par P. L. Pizzi aux Arènes de Nîmes en 1988.

13 Lily Brayton et Oscar Asche dans *Attila* de Lawrence Binyon à Londres en 1907.

12

13

14

14 *Attila moderne – La civilisation germanique en marche !...* (Hitler, Goering, Hess et Goebbels). Caricature de Berth pour *Le Rire* du 29 septembre 1939.

sage d'Attila. L'énervement lui fait lire à haute voix ces mots inexcusables :

« Ton spathaire est un assassin, envoie-moi sa tête sinon je viens le décapiter moi-même. »

Chrysaphius défaille. L'empereur se reprend :

« Tu auras ma réponse demain.

— Dans une heure », dit Oreste.

Il reparaît une heure plus tard. Théodose lui tend un traité qui reprend scrupuleusement les conditions d'Attila. Oreste n'y jette pas un œil ; il l'enfouit dans sa manche et dit :

« Je ne suis pas venu chercher un traité mais la tête de ton eunuque. »

Théodose s'écrie que c'est impossible et propose pêle-mêle toutes sortes de compensations : des provinces, des femmes, un palais pour Attila à Constantinople... Oreste ne veut rien de tout ça, mais la tête du grand eunuque.

« Reviens demain, propose l'empereur.

— Je te donne une heure. »

Chrysaphius se présente et plaide éperdument : si on le tue, il y aura la révolution. L'empereur répond qu'il le sait et qu'il ne le tuera pas.

« Je garde Chrysaphius, annonce-t-il à Oreste, revenu une heure plus tard.

— À ta guise », répond Oreste.

Puis sur ordre d'Attila, il remet à Théodose le sac où est contenu l'or de Vigilas. L'empereur demande ce qu'ils vont faire de Vigilas. Oreste répond qu'ils le lui renverront quand sa rançon aura été payée. Quelle rançon ? Une livre d'or, Vigilas ne vaut pas plus. Théodose s'exécute. Oreste s'en va.

Vigilas est reconduit à Constantinople. Il apporte un message d'Attila, copie de celui qu'Oreste lui a déjà remis : « Ton spathaire est un assassin. Envoie-moi sa tête sinon... »

Mais quand Oreste se présente devant lui, Attila lui aurait dit :

« J'espère bien que cet imbécile n'a pas tué son eunuque.

— Pourquoi ?

— Nous avons là un bon motif pour reprendre la guerre quand nous jugerons le moment venu. »

L'humiliation de Constantinople

La diplomatie d'Attila est avant tout intuitive et personnelle. Elle correspond toujours à ses interlocuteurs, avec tant de précision qu'il semble prévoir leurs pensées et les mouvements de leur cœur, bien avant de pouvoir les lire en eux. Il prend la mesure de ses vis-à-vis avec une sagacité étonnante et une souplesse diabolique. Il amène les faibles où il veut, les moins faibles où il peut, mais il a toujours le dessus. C'est un joueur incomparable au jeu du chat et de la souris. Il s'y montrera un maître face à l'empire d'Orient, affolant son gouvernement. Théodose a déjà perdu la tête quand il a proposé de se soumettre à l'arbitrage d'Onégèse — comme si les Polonais avaient demandé celui d'Hitler sur Dantzig en 1938 —, il ne la retrouvera pas.

Sauf leur respect, la séduction qu'il a exercée sur tant de chefs du Caucase, de la Volga ou du Don, si braves et fiers, si épris de liberté qu'ils aient pu être, qu'il a subjugués en premier, n'est pas la preuve la plus flagrante de cette espèce de génie. Ceux-là, il les subjuguera ou fascinera toujours, parce qu'il leur est parent et qu'ils reconnaissent en lui les ambitions que les plus hardis d'entre eux se sont contentés de bercer, enfin parce qu'il est le plus fort. Mais sans leurs ralliements, il n'aurait guère pu dépasser sa steppe natale.

À la soumission toujours fragile de ces nomades ombrageux qu'il comprend comme personne — fragilité stimulante pour un tempérament comme le sien — il gagnera la profondeur stratégique qui lui permettra de se décerner sans ridicule ce titre d'empereur qui le mettait sur le même plan que les maîtres nominaux de l'Orient et de l'Occident européens.

Dans sa carrière fulgurante — l'épopée d'Attila a tenu en douze ans, de 441 à 453 —, la guerre a tenu beaucoup moins de place que la discussion, la négociation, les accommodements. Sans doute avait-il conscience de sa propre fragilité qui était d'abord démographique : les Huns, on l'a vu, n'étaient pas des lapins. L'archer de la steppe, infaillible au galop, ne faisait pas assez d'enfants pour qu'après lui fût garanti le salut de l'empire. Aussi Attila fut-il bien plus économe de ses hommes que ne le furent, plus près de nous, Napoléon ou, en bien pire, l'état-major français de la Grande Guerre. Le Fléau de Dieu n'a jamais frappé gratuitement.

Assuré à l'est de ses arrières — les Chinois ne s'avanceront pas de sitôt jusqu'à l'Oural — Attila cède au tropisme occidental des grandes invasions. L'empire romain bicéphale depuis la mort de

Théodose l'Ancien en 376, vingt ans avant sa naissance, est son objectif constant.

Bicéphale, quelle tête couper d'abord ? La plus proche, l'orientale, qui pourrait être la plus menaçante si un empereur digne de ce nom s'y révélait un jour. Avant d'aller plus loin vers l'ouest, il met l'Orient à sa merci.

Sans doute Théodose II le Calligraphe est-il un adversaire de rêve. Irrésolu, impressionnable, influençable, lâche comme personne, au fond détestant régner ; manœuvré tantôt par sa femme Athénaïs, tantôt par sa sœur aînée Pulchérie, tantôt par son grand eunuque ; fuyant ses devoirs dans la chasse, la théologie, les commentaires juridiques et la calligraphie, d'où il tire une bonne conscience qui est sa seule fermeté.

Il n'en était pas moins le chef d'une puissance dont le prestige sous un autre que lui n'aurait pas été qu'un masque. Or Attila, sans coup férir, en fait son tributaire. Il a compris que Théodose paierait n'importe quoi pour avoir la paix. L'occupation de l'empire d'Orient n'aurait pas de sens, sa conquête est déjà faite en 449. L'intimidation diplomatique aura suffi de ce côté-là. Les armées d'Attila sont intactes et ses trésors fabuleux.

Contre l'empire d'Orient, Attila a joué l'insolence — son ironie laisse pétrifiés les ambassadeurs qui s'y exposent —, la colère ou le détachement en comédien consommé. Et en parfait connaisseur d'hommes. L'entourage qu'il a recruté, avec une constante efficacité, lui vouera une fidélité sans limites. Ses fidèles imitent l'enjouement et la désinvolture qui désarçonnent ses adversaires. Comme s'il déteignait sur eux ou que la jovialité farceuse était constitutive du tempérament hunnique.

La façon dont Bérik a raccompagné à Constantinople l'ambassade de Maximin est à cet égard exemplaire. Maximin est pressé de rendre compte à Théodose qu'on l'a renvoyé, qu'on lui a signifié la vanité de son ambassade. Il venait discuter ? Il n'y avait rien à discuter.

Envoyé extraordinaire d'un empereur débile, ce dont il se doutait si loyal qu'il ait pu être, il ignorait que cet homme faible l'était au point d'avoir approuvé sans murmure le projet d'assassinat de l'alter ego — dans l'ordre des empires et du protocole impérial en vigueur au Ve siècle — vers qui il l'envoyait pour une négociation bidon. Il n'y avait rien à négocier qu'entériner la soumission d'un souverain incapable.

Maximin s'en doutait sans plus de certitude. Il ignorait complètement le projet d'assassinat, sinon il ne serait pas parti.

Attila le renvoyant avec beaucoup de politesses le lui laisse ignorer, chose extraordinaire.

Partez, ça suffira, vous serez toujours informé assez tôt, sous-entend-il, charitable ; la vertu pour l'empereur des Huns mérite des égards. Et il confie cet honnête homme — ici c'est un compliment — à son lieutenant Bérik, le plus hun de tous ses lieutenants. Autrement dit, en apparence, le plus violent et versatile, au fond le plus sûr.

Or Bérik est d'abord grossier, presque odieux envers ses protégés. Il provoque sans cesse des incidents qu'il faut régler sur-le-champ, sous peine de rancœurs qui retardent la marche. En un mot, il traite comme des chiens les ambassadeurs de l'empire d'Orient. Puis, avant que la coupe ne soit pleine, il s'adoucit, exige des notables locaux rencontrés des réceptions à la mesure de la dignité de ses souffre-douleur. Entrées solennelles dans le moindre campement, sur ordre d'Attila. Discours, libations et festins consomment un temps fou.

Maximin est heureusement surpris de ce changement de ton. Mais ne pourrait-on abréger ces cérémonies ? demande-t-il. Mon empereur qui n'est plus tout jeune et dont la santé est précaire m'attend.

Impossible, réplique Bérik. Le représentant de l'empereur d'Orient, porteur du sceau impérial, doit être traité selon son rang. Le temps s'étire. La satisfaction de Maximin et des siens s'estompe. Peu à peu ils se persuadent que Bérik se moque d'eux, que tout cela est mascarade. Bérik se défend : Maximin ne saurait sembler fuir. Les délégués de Théodose ne sauraient sembler céder à la précipitation... Maximin en convient, mais tout de même, son empereur attend.

Alors Bérik tombe malade, se voit obligé d'allonger les haltes pour reprendre un peu de forces. Bientôt il ne peut plus monter à cheval. Des crises d'étouffement le terrassent et font craindre le pire. En vue d'Athyras, il se voit mourant et ne veut pas différer plus longtemps la remise du message d'Attila à l'empereur d'Orient dont il devait se charger en personne.

Bérik médite, puis se résout à remettre au comte Maximin le message en question, lui enjoignant de présenter ses excuses. Maximin ne se le fait pas dire deux fois. Il prend le message et file, non sans avoir promis au malade de lui envoyer son médecin.

À peine les Romains hors de vue, Bérik se jette sur son cheval et détale en sens inverse.

À l'arrivée de Maximin, Théodose II est malade. Il a renvoyé sa femme, l'impératrice Athénaïs décidément insupportable (elle est allée s'installer à Jérusalem sous le nom d'Eudoxie et ne s'occupe plus que de poésie et de théologie). Pour assurer l'intérim, Théodose a rappelé sa sœur aînée Pulchérie, qu'Athénaïs avait fait exiler. Maximin lui remet donc le pli scellé d'Attila. Pulchérie l'ouvre. La feuille est vierge.

Les yeux de Maximin se dessillent. Tout lui apparaît. La fourberie de Chrysaphius, la duplicité lamentable de son empereur, la sottise de Vigilas, sa propre naïveté et, surtout, l'incroyable clémence d'Attila, chef-d'œuvre d'ambiguïté : insultante pour l'empire, généreuse pour ses hommes. L'empereur des Huns a renvoyé chez eux avec des présents tous ceux qu'un autre aurait fait crucifier y compris les ambassadeurs innocents de celui qui avait approuvé son assassinat.

Détesté de Pulchérie, Chrysaphius se terre dans son palais. Maximin, toujours impeccable, règle très vite le mariage du secrétaire Constant donné par Aétius à Attila. Il invite Constant à Constantinople et lui fait épouser une veuve richissime nommée Saturnia, la fiancée que Théodose lui avait promise s'étant mariée entre temps. Puis il presse l'exécution du traité.

Attila ayant demandé que les ambassadeurs permanents de l'empire d'Orient à sa cour soient des personnages de haut rang, il fait nommer à ces postes deux patrices impériaux, Anatole et Nomus — la dignité de patrice impérial est la plus haute de l'empire. Jusqu'alors, seul le shah de Perse a eu cet honneur. Attila est désormais l'égal d'un souverain rival séculaire de Rome, qui n'était jamais parvenue à entamer son empire. Les légions qui s'étaient risquées du côté du Croissant fertile n'en avaient conservé que de cuisants souvenirs.

Anatole et Nomus arrivent en Danubie porteurs du tribut et de somptueux présents. Devant cette exactitude et cette bonne volonté, Attila reprend à son compte la clémence d'Auguste. Il renonce même à la livraison de transfuges supplémentaires et restitue des prisonniers romains, ajoutant toutefois ne pouvoir croire « à la volonté de paix de Théodose tant qu'il n'aura pas reçu la tête de son eunuque ».

Il ne la recevra jamais, mais au moins l'empire d'Orient ne lui cause plus de souci.

Rome

Rome, maintenant. Il avait reçu ensemble les deux ambassades, de l'Orient et de l'Occident, qui s'étaient rencontrées à la frontière de son empire animées par le même souci de régler avec lui leurs contentieux respectifs.

Avec Rome le contexte était plus léger. C'était l'affaire des vases de Sirmium qui remontait à sept ans. Romulus devait ainsi le raconter à Priscos :

Lors du siège de sa ville en 443, l'évêque, prévoyant le pire, avait pris contact avec un assiégeant de marque, un Gaulois nommé Constantin, secrétaire d'Attila, et lui avait confié le trésor de son église en gage de sa rançon s'il était pris. S'il l'était, Constantin vendrait le trésor pour le racheter ; s'il mourait, Constantin le vendrait de même pour racheter d'autres captifs.

L'évêque fut tué lors de la prise de la ville. Constantin vendit bien le trésor, à l'usurier Sylvanus, mais ne racheta personne. Grisé par cette fortune soudaine, il dépensa sans compter. Attila en fut informé. Constantin fut questionné. Avoua. Fut crucifié. Puis Attila demanda à Valentinien III la remise du trésor volé, comme partie de son butin, ou, à défaut, la livraison de Sylvanus.

On lui répondit que Sylvanus avait acheté le lot de bonne foi et qu'on n'allait pas l'inquiéter. La chancellerie de Ravenne crut nécessaire d'ajouter que le trésor de Sirmium, composé d'objets sacrés, ne pouvait servir qu'à des fins religieuses. À telle enseigne que le trésor était aujourd'hui chez l'évêque italien qui l'avait acheté à Sylvanus — lui aussi en toute bonne foi. Il y avait retrouvé sa destination. On ne pouvait pas y toucher.

De surcroît, pareils objets ne pouvaient aller chez un laïc.

Attila demande si on se moque de lui. Est-on sûr que le laïc romain n'ait jamais raflé de biens d'Église ? On lui répond qu'on va lui expédier la valeur des vases en or. Mais il ne veut pas d'or du tout, il veut « les vases ou le scélérat », sinon c'est la guerre.

Comme toujours lorsque Attila est en jeu, Aétius est consulté. Caprice ? ou manœuvre ? Caprice et manœuvre, répond Aétius.

Mais peu importe, il faut y répondre. Il faut l'apaiser.

Attila veut recevoir deux ambassades de l'empire romain, représentant ses deux parties, l'Orient et l'Occident, pour la plus grande gloire du sien ? Qu'à cela ne tienne, obtempérons. L'Orient est en route avec Maximin, il ne faudrait pas lanterner... L'empressement des deux empires à satisfaire le Hun trahit assez leur faiblesse.

On rassemble en toute hâte une ambassade aussi glorieuse que celle de Théodose, avec le père et le beau-père d'Oreste, peut-être celui des bras droits d'Attila dont il est le plus proche, et des cadeaux somptueux.

Les deux ambassades, on l'a vu, se rejoignent en chemin, arrivent chez l'empereur des Huns, font leur travail comme on l'a vu, chacune à son tour. On sait ce qu'il advint de celle d'Orient ; celle de Rome malgré sa pompe et sa munificence ne le séduit pas davantage. Il est flatté, mais pas assez. Le détachement par Aétius auprès de lui du secrétaire Constant est apparemment son seul motif de satisfaction. Il est parfaitement aimable, reçoit tout le monde somptueusement, invite ses visiteurs à parcourir à volonté ses États, mais les cadeaux ne l'ont pas fléchi — il en a fait de même valeur —, il veut « les vases ou le scélérat ».

Romulus décide de rentrer à Ravenne. Les choses s'arrangeront plus tard, se dit-il, par le secrétaire Constant, entre Attila et Aétius comme ce fut souvent le cas. Prenant congé, il demande ce qu'il doit dire à Valentinien de la part d'Attila. « Que j'irai le voir », dit Attila.

Un instant Romulus est déconcerté. Le voir comment ? À la tête de cent mille hommes ? Mais il se reprend et se rassure : on est amis — tous ces cadeaux, toutes ces fêtes, toutes ces amabilités... C'est le prestige qui est en jeu. Attila veut être reçu par l'empereur à Ravenne, d'égal à égal, se persuade Romulus. L'appétit de reconnaissance de l'empereur des Huns n'a pas de limites. D'autres appétits coexistent en lui qui n'en ont pas non plus.

L'année 449 qui a scellé l'humiliation de l'empire d'Orient et précipité la démoralisation de celui d'Occident va finir pour Attila dans les plus grandes douleurs. Kerka, l'épouse préférée, la reine-impératrice, seule impératrice en titre, meurt en novembre après plusieurs mois de souffrances. Attila désespéré fait brûler le palais où elle recevait avec tant de faste et de grâce tous ceux qui comptaient en Europe. En décembre, la reine en second, la fille d'Eskam, meurt à son tour après avoir accouché d'un fils appelé Ernak. En quelques semaines le Fléau de Dieu a perdu les deux femmes qu'il a le plus aimées.

Ces drames privés sont l'occasion du dévoilement public d'un renversement d'alliance dont les conséquences seront incalculables pour l'évolution de l'Europe. L'amitié dont dépendait depuis près de trente ans l'équilibre du continent s'écroule : Aétius et Attila, si longtemps complices, vont désormais s'affronter.

Rupture

La mort de Kerka a déclenché un afflux impressionnant de témoignages de sympathie. Celle d'Eska les fait redoubler. Attila répond à tous, sauf à Aétius qui s'est manifesté les deux fois. Que lui reproche-t-il pour ne pas réagir à des attentions qui auraient dû le toucher plus que d'autres, après quarante ans d'une amitié que leur goût commun du pouvoir et son exercice sur un même théâtre n'avaient pas touchée ? Quel est le calcul d'Attila ? Quel signal a-t-il voulu envoyer ?

C'est Constant qui, stupéfait, en découvre sinon le sens, du moins la raison : Attila a envoyé des émissaires clandestins en Gaule. Chez les bagaudes, précisément. (Les bagaudes, Gaulois mécontents de Rome, ont soustrait à l'autorité romaine de vastes portions du territoire gaulois où ils vivent délivrés des fonctionnaires romains et des impôts de l'empire.)

La Gaule romaine au Ve siècle n'est plus qu'un mythe glorieux. Dans les faits, elle est divisée entre Barbares tolérés, Barbares alliés, Barbares hostiles, Barbares ignorés, Gaulois dissidents et enclaves « romaines », dont l'addition ne correspond plus qu'à une faible partie de la perle de l'empire. Le morcellement est général. Les bagaudes mêmes sont divisés : ils administrent ou dévastent les régions qu'ils occupent selon le tempérament de ceux qu'ils reconnaissent pour leurs chefs.

Attila ne se rapprocherait pas des bagaudes s'il n'avait quelque chose en tête contre Rome — autrement dit contre Aétius... déduit Constant qui n'en dort plus jusqu'à ce qu'Attila l'envoie chez ce dernier en mission secrète.

Les liens ne sont donc pas rompus entre les deux hommes, en déduit Constant, soulagé. Attila veut faire le point avec son ami : leurs ambitions qui jusque-là ont toujours été complémentaires tendent désormais à diverger.

Attila estime l'heure venue d'évoquer le destin de l'empire d'Occident. L'empire d'Orient est hors-jeu. La crainte d'Attila le maintient dans la sagesse et le règlement de son tribut. Mais l'Occident est à prendre, Attila s'y tient prêt mais veut connaître là-dessus les intentions de son ami. Que veut-il ?

Que veut Aétius ? L'Orient, après Théodose ? Partager l'Occident avec son ami ?

Lui, Attila, se contenterait des Gaules et lui remettrait ses conquêtes orientales — Pannonie Seconde, Thrace et Thessalie.

Ou bien Aétius voudrait-il repartager tout l'ensemble ? Ou bien préférerait-il le gouverner à deux ?

Attila voudrait tout discuter avec lui.

Constant part avec ces instructions, revient avec leurs réponses. Aétius ne veut rien changer.

Chacun d'eux, juge-t-il, est suffisamment occupé dans sa sphère d'influence pour ne point se lancer dans de nouvelles aventures. Puis, si Attila est empereur, lui-même n'est que patrice. Tout changement serait prématuré.

Prématuré ! Attila sait ce qu'Aétius attend : le mariage de son fils chéri avec la fille de l'empereur, lequel ferait de ce fils chéri l'héritier de l'empire et de son père affectionné l'empereur de fait sinon en titre.

Il semblerait qu'Attila soit tombé de haut. Le rejet par son ami de ses propositions magnifiques au profit d'une très incertaine alliance impériale, compte tenu de la haine recuite de Valentinien III pour l'indispensable et donc insupportable Aétius, révèle entre eux une différence inexpiable. Aétius se dérobe devant les premiers rôles, jusqu'à se fier à Valentinien, qui est la fourberie faite homme. Il est très loin de leurs rêves de jeunesse.

Le refroidissement de l'empereur des Huns pour son ami de toujours sera définitif. Ces ouvertures à Aétius, dont l'échec annonce une rupture aux conséquences immenses, confirment ce dont pouvaient se douter les observateurs de l'époque : Rome est le but suprême d'Attila.

Les conquêtes orientales, les Balkans, la Macédoine, la Grèce ne sont que monnaie d'échange. Le tropisme occidental est irrésistible en cet Asiate génial comme en tous ses prédécesseurs de l'Est. L'attraction de l'Europe tempérée efface le reste du monde.

Dérèglements

C'est à ce moment de sa vie, il a cinquante-cinq ans, qu'apparaissent dans la conduite de l'empereur des Huns des signes de dérèglement. Le maître chanteur en lui s'emballe et le farceur impérial déraille. On dirait que des accès d'*hubris* lui font perdre la tête. Le diplomate hors de pair tombe alors dans des bouffonneries indignes de lui.

Deux de ces accès vont marquer l'année 450.

Le 14 juillet à onze heures du matin et deux mille kilomètres de distance, deux messagers de l'empereur des Huns se présentent aux palais de Théodose et de Valentinien, porteurs du même message : « Attila, mon maître et le tien, t'ordonne de lui préparer un palais car il va venir. »

Le lendemain, Constant est reçu par Aétius. L'informe, sur ordre d'Attila, de ces deux envois et ne lui cache pas sa perplexité : qu'est-ce donc que l'empereur des Huns a derrière la tête ? Aétius ne trouve rien à dire : il connaît son goût pour ce type de farce.

Deux semaines plus tard, le 28 juillet, Théodose

tombe de cheval, se fracasse la tête et meurt sur le coup. Son corps est exposé dans la grande salle d'audience de son palais. Chrysaphius sort de chez lui pour se recueillir devant le cadavre, avec une trop faible escorte. Il est reconnu en chemin, le peuple le hue, l'escorte s'affole et s'éclipse. Il est lapidé sur place.

Le testament de Théodose confie l'empire à sa sœur Pulchérie. Aussitôt, celle-ci épouse le plus proche de ses amis, le général Marcianus Flavius, qui en devient l'empereur Marcien. Le choix n'est pas mauvais, Marcien est un Illyrien énergique et probe, guerrier réputé, bon administrateur, âgé de cinquante-neuf ans.

Constant s'en vient le saluer de la part d'Attila et mettre les choses au point.

La mort de Théodose et celle de Chrysaphius annulent les deux demandes pendantes de son maître, à savoir la mise à disposition d'un palais à Constantinople et l'envoi de la tête du grand eunuque. Mais cela n'annule en rien le règlement du tribut, qui est à la charge de l'empire et non pas de l'empereur.

« Si j'ai de l'or pour mes amis, je n'ai que du fer pour mes ennemis », aurait répondu Marcien. Constant repart les mains vides. Attila n'insiste pas. Il feint d'ignorer cette réponse, insoucieux de l'adage « qui ne dit mot consent ».

Pourtant, d'après Bouvier-Ajam[12], « la plupart des historiens modernes » pensent que cette réponse « l'a terriblement impressionné ». Rome va le distraire de cette déception.

En octobre 450, Galla Placidia, mère de l'empereur Valentinien, meurt dans la Ville éternelle. Son fils a trente-trois ans. L'enfant vicieux et l'adolescent pervers qui se sont succédé en lui ont formé un monstre, dissimulé, sanguinaire, dont les divertissements sont toujours répugnants. Aétius alors gouverne l'empire dont il rêve pour son fils unique, l'agréable Gaudentius, comptant le marier à Eudoxie, fille unique du César. Valentinien ne décourage pas ces rêveries, au contraire il les nourrit d'allusions bienveillantes et de promesses renouvelées, parce qu'il craint Aétius autant qu'il le hait.

C'est le moment que choisit Attila pour faire valoir la demande en mariage, vieille de quinze ans, que lui a faite Honoria, la sœur de Valentinien. Celle-ci, connue pour ses désordres, s'est vu enfermer à plusieurs reprises dans des couvents, dont l'un à Constantinople. Semblant s'être assagie avec le temps, elle avait été autorisée à revenir à Ravenne. Aussitôt son tempérament s'était déchaîné. Son frère avait dû la renfermer dans un autre monastère d'où elle ne sortait que sous étroite escorte, pour de brèves apparitions à la cour, montrée comme une bête curieuse.

Attila réunit un conseil élargi à l'ensemble de ses lieutenants. Onégèse, Édécon, Oreste, Bérik, Scotta, Esla... et le secrétaire Constant. Il déclare avoir appris que sa fiancée, dont il possède depuis quinze ans la demande écrite et l'anneau, était maltraitée. Elle lui propose dans sa demande la moitié de l'empire d'Occident, qui lui revient comme héritière de son père Constance III. Il n'a pas répondu tout de suite, ne pouvant pas lui offrir un rang moindre que celui d'impératrice. Les morts de Kerka et d'Eska ont rendu la place vacante. Constant ira donc à Ravenne, informer Valentinien qu'Attila accepte d'épouser sa sœur après quinze ans de réflexion, délai raisonnable, et qu'elle sera impératrice des Huns.

Les Romains sont effarés. Effarés, mais circonspects. Valentinien en toute hâte fait sortir Honoria de son couvent, la marie incontinent à un complaisant, Flavius Cassius Herculanus, et répond à l'empereur des Huns.

Honoria, dit-il, était si peu séquestrée qu'elle vient d'épouser l'excellent Herculanus. Hélas, elle n'est plus disponible pour la dignité d'impératrice des Huns ; Valentinien le regrette beaucoup. Après quinze ans, manquer ce bonheur pour quelques semaines ! Quant au partage de l'empire de Constance III, aucun partage de ce type n'est prévu par la loi romaine. Les femmes peuvent exercer la régence, mais elles n'ont aucun droit de propriété territoriale.

Attila savait cela depuis l'âge le plus tendre, il se réjouit pourtant de cette réponse si sérieuse à sa proposition qui l'était si peu. Le sérieux de cette réponse à une provocation énorme est bonne mesure de l'importance qu'on lui reconnaît et des prudences qu'il inspire, au moins à Rome. Valentinien n'est pas Marcien.

Constant repart pour Ravenne avec une réponse à la réponse de Valentinien.

Attila comprend très bien que, maintenant mariée, Honoria ne puisse maintenir l'offre flatteuse d'autrefois. Il se réjouit de la savoir libre, et heureuse. Il donne à l'empereur la lettre de sa sœur et l'anneau qu'elle y avait joint — qu'il n'avait cessé de porter à son doigt. Ce qu'il regrette, c'est l'honneur que lui aurait valu la qualité de beau-frère de l'empereur d'Occident, de l'empereur de Rome. Que ce dernier veuille bien agréer l'épée d'argent que son envoyé lui apporte et sache bien qu'il n'a pas au monde ami plus dévoué que lui. Les temps prochains lui en fourniront certainement la preuve…

Valentinien prend tout cela pour argent comptant. Il s'en vante auprès d'Aétius : voilà comme il faut faire avec ce Barbare… Aétius n'est pas convaincu. L'urbanité de l'empereur des Huns l'inquiéterait plutôt. Il sonde Constant. Constant répond ne voir pas de mal dans ces amabilités. À ses yeux, Attila se distrait. Aétius ne le nie pas, mais les distractions d'Attila sont rarement innocentes. Aussi part-il veiller lui-même au renforcement de la ligne Rhin-et-Danube.

Nouveau courrier d'Attila à Valentinien III. Théodoric, roi wisigoth d'Aquitaine, lui avait promis de lui livrer des déserteurs et de signer avec lui un pacte d'amitié. Il n'a fait ni l'un ni l'autre. Le même Théodoric manœuvre pour détacher les autres Goths de l'alliance hunnique. Enfin il conspire contre l'empereur d'Occident. Mais Attila va rétablir l'ordre. Il sollicite de Valentinien la permission de passer le Rhin pour ramener, une fois pour toutes, le Wisigoth à la raison…

Valentinien est flatté. L'abaissement des Goths en Gaule lui conviendrait parfaitement. Toutefois, un dernier réflexe de méfiance lui commande de consulter Aétius. On fait attendre le messager. Aétius arrive, est informé, est atterré. Ainsi les Huns entreraient dans l'empire avec l'accord de Rome...

Tout est mensonge, apprend-il à Valentinien, dans l'exposé d'Attila. Les déserteurs sont inventés. De même la promesse d'un pacte d'amitié. Les relations entre les Wisigoths et les Ostrogoths sont pires que jamais et c'est Attila lui-même qui attise en sous-main leurs discordes. Quant aux Gépides, ils se voudraient plus huns que les Huns, le projet de les brouiller ne pourrait être que chimère. Et ce n'est pas tout.

Attila travaille à séduire les Francs. Il les voudrait tous dans son camp. Aétius en sait quelque chose : en Rhénanie, il a eu le plus grand mal à conforter le Franc Ramacher contre le Franc Vaast, allié officiel des Huns, le second ayant voulu avaler le premier.

Enfin, loin de s'opposer à Rome, Théodoric lui a proposé de combattre avec elle tous les Barbares non goths, car lui-même est harcelé en Espagne par le Vandale Genséric, maître de l'Afrique et de la Sicile, pour l'heure l'ennemi le plus actif de Rome.

On se demande comment l'empereur pouvait ignorer tout ça, mais les textes d'époque présentent l'affaire comme ci-dessus : Aétius savait tout et Valentinien ne savait rien.

Valentinien, les yeux ouverts, se tourmente douloureusement : que répondre à Attila, après lui avoir fait attendre un accord complet ? Aétius conseille la prudence. Cette prudence s'exprime ainsi :

L'empereur d'Occident remercie l'empereur des Huns de son courrier. Il comprend ses raisons mais ne peut envisager d'action punitive contre les Wisigoths n'ayant pas constaté de violation de l'hospitalité romaine. En aurait-il constaté, il les aurait punis lui-même, sans concours extérieur. Compte tenu des accords en vigueur, attaquer les Wisigoths serait attaquer l'empire romain. La traversée de la Gaule par l'armée des Huns, si disciplinée fût-elle, entraînerait d'inutiles désordres. L'empereur d'Occident est donc convaincu que celui des Huns comprendra ses raisons comme lui-même a compris les siennes et s'abstiendra de tout mouvement contre les Wisigoths, Rome veillant à leur loyauté.

Attila tarde à répondre. Il prend le temps d'affiner sa tactique du chiffon rouge en jouant par la bande.

Un légat de Théodoric se présente à Rome avec une copie d'un courrier du Hun. Attila l'y informe qu'il va envahir la Gaule, pour régler avec Rome des comptes personnels. Vis-à-vis de Valentinien, il a dû prétexter que l'expédition serait dirigée contre les Wisigoths. Mais « le puissant Théodoric », qui sait bien l'amitié qu'Attila lui porte, n'a rien à craindre. Attila ne veut que briser l'impérialisme romain. Il invite le Wisigoth à le seconder et, une fois Rome abattue en Gaule, Attila et Théodoric se la partageront en frères.

Voici, d'après Jornandès — évêque et historien

goth du VIe siècle, disciple de Cassiodore, lui-même disciple de Sidoine Apollinaire, contemporain d'Attila —, la réponse de Valentinien à Théodoric composée par Aétius. C'est une objurgation solennelle chargée d'une angoisse qui ne paraît pas être feinte : on avoue carrément ne pas en mener large. Voici ce qu'il écrit dans son *Histoire des Goths*[13] :

> Vous le plus courageux des Barbares, montrerez toute votre clairvoyance en vous concertant avec nous pour mater le tyran de l'univers, celui qui veut asservir le monde entier, à qui tous les motifs sont bons pour déclencher une guerre, celui qui tient pour légitime tout ce qu'il lui plaît de faire. C'est à la longueur de son bras qu'il mesure ses entreprises ; c'est par la liberté effrénée de son caprice qu'il assouvit son ambition. Sans considération pour le droit ni l'équité, il se conduit en ennemi de tout ce qui est. [...] Puissants par les armes, pensez à vos propres souffrances, conjuguons nos mains ; secourez aussi la république dont vous êtes un membre.

Théodoric est furieux. Se voyant entraîné dans un combat douteux, il ne cache pas sa colère. Il accuse les Romains d'avoir fait d'Attila « pour nous aussi un ennemi ». Néanmoins, il soutiendra Rome.

On ne se presse pas. On a le temps. Les dés sont jetés, ils peuvent le rester longtemps. Rien ne presse. L'empire romain n'est pas d'humeur à précipiter le destin. Attila cherche des alliés et cette besogne exclut la hâte qui inquiète et qui éloigne.

Il a cinquante-cinq ans. Il est de plus en plus trapu. Ses jambes sont de plus en plus torses. Il a laissé pousser sa barbe — quatre poils au menton. Les cheveux sont presque blancs. L'allure est toujours impérieuse. Jornandès interprète ainsi ce qu'il tient de Cassiodore, qui le tenait de Sidoine Apollinaire :

> C'était bien là un homme marqué au coin du destin, venu au monde pour épouvanter les peuples et ébranler toute la terre[14].

Les alliances sont incertaines, il faut les consolider, à défaut d'en trouver d'autres.

Bagaudes

Les bagaudes constituent une nébuleuse insaisissable. Quelques-unes de leurs concentrations lui seraient favorables, la plupart éludent ses propositions ; il fait peur. Il l'a voulu, mais cet acquis est à double tranchant, éloigne autant qu'il peut rapprocher. Et le double effet de cette crainte est observable partout.

Les Francs lui sont âprement disputés par Aétius en personne, étant eux-mêmes divisés. Qui est leur chef ? Où est-il ? En ont-ils seulement un ? Plutôt des dizaines ; alors la tâche des recruteurs n'en est pas facilitée. Clodion le Chevelu, le plus puissant de leurs chefs certifiés, est mort très vieux vers 435. Le fameux Mérovée présenté comme son fils n'est qu'une légende. Il y eut bien un Mérovée qui aurait été roi et qui aurait participé aux côtés d'Aétius à la campagne contre Attila en Gaule, mais il n'était pas le père de Childéric. Ce Mérovée-là ne se serait vraiment rallié à la cause romaine qu'une fois décidée l'issue du combat.

Childéric en revanche fut bien réel et bien le père de Clovis. Adopté par Clodion sur le tard, il prétendit après coup descendre d'un monstre marin qui aurait abusé de sa mère sur une plage ; c'est lui le chef principal en 451. Mais quel âge a-t-il à ce moment ? Quatorze ans ou vingt-trois ? La question n'est pas tranchée. Jeune il faisait plus que son âge et vieux beaucoup moins, voilà ce qu'on sait de source sûre.

Aétius va réussir à s'assurer le concours de la majorité des Francs, mais il y en eut des deux côtés.

Attila va rassembler ses forces sur les bords du Danube. Ces forces sont immenses. Les contemporains saisis d'effroi rétrospectif ont compté cinq cent mille hommes, voire six ou sept cent mille. La propension bien connue à l'exagération des chroniqueurs anciens a fait réviser ces estimations tôt qualifiées de délirantes. La Grande Armée de Napoléon regroupait cinq cent mille soldats recrutés dans une Europe dix fois plus peuplée.

Aujourd'hui, les divagations arithmétiques du ve siècle sont jugées beaucoup moins extravagantes. Les comptes cent fois refaits par les spécialistes appuyés sur les progrès de l'histoire moderne ne tombent pas au-dessous d'un chiffre de quatre cent cinquante mille et celui de cinq cent mille ne paraît plus du tout impossible. Peut-être avait-on oublié qu'en ce temps-là tous les hommes étaient guerriers de l'adolescence à la tombe.

Quoi qu'il en fût, Attila rassemble une énorme armée sur les rives du Danube. La liste des peuples qui la composent donne le vertige. Par sa longueur et par l'ignorance où sont tombés aujourd'hui leurs noms. Outre les Ostrogoths, les Gépides, les Alains et les Huns cela va sans dire — les noirs et les blancs — qui sont dans toutes les mémoires, il y avait les Neures, les Bellonottes, les Gélons, les Ruges, les Tucilinges, les Scyres, vingt autres dont l'énumération serait aussi absconse que celles que Flaubert multiplia dans *Salammbô* par pédantisme post-romantique.

Comment put-il rassembler une masse pareille ? Deux raisons y contribuèrent. Attila offrait aux peuples de l'Est cette translation vers l'Ouest dont ils rêvaient tous dans leurs steppes et leurs forêts, l'histoire le prouvait depuis des générations. L'attrait de cette migration armée était d'autant plus fatal que la masse même des émigrants la rendait invincible. « Plus on est de fous, plus on rit », l'afflux quotidien des contingents au bord du Danube interdisait le moindre doute : tout ce qu'on pourrait leur opposer serait submergé. Puis les peuples convoqués avaient la guerre dans le sang. Pour ces nomades ou semi-nomades la guerre était depuis toujours le grand divertissement, la source de toutes les richesses et de toutes les grandeurs. Comme Bonaparte fera miroiter à sa misérable armée d'Italie « les plaines les plus riches du monde », Attila garantit à ses associés des butins fabuleux.

Quatre cent cinquante mille hommes au bas mot. En face, Aétius en aura trois fois moins et peut-être quatre fois. Car son empereur lui refuse les légions d'Italie. Il en garde les trois quarts pour surveiller les côtes de la botte, craignant peut-être les Vandales et leurs alliés pirates qui tiennent la Méditerranée — les Vandales, il est vrai, sont dans cette optique plus proches de Ravenne qu'Attila.

L'obsession occidentale

Attila n'a plus que trois ans à vivre, il n'est pas trop tôt pour s'interroger sur les mobiles de son obsession occidentale.

Le facteur fondamental de l'invasion de la Gaule est le tropisme de l'Ouest à quoi sont soumis les Barbares de l'Est. Le couchant avait pour eux des attraits irrésistibles qui étaient ceux d'une relative facilité à vivre par rapport aux tribulations de nomades sans feu ni lieu. Avant même de se mettre en route sûrs de la victoire, ils étaient vaincus, vaincus par leurs rêves et par leur conquête, autant et sans doute davantage que Rome le fut par la Grèce selon la formule fameuse : « La Grèce conquise conquit son farouche vainqueur. »

On peut comprendre les Barbares. Quinze siècles après leurs épopées, aujourd'hui plus que jamais dans le monde entier, on rêve d'Europe ou à défaut de son extension américaine comme remède définitif à la misère de vivre sans protection contre la dureté du monde et sa propre faiblesse. Or du temps d'Attila, la Gaule, cœur de l'Europe, était déjà pays de Cocagne.

Au-delà ou en deçà du rêve, trois erreurs ponctuelles précipitent Attila vers l'empire d'Occident.

La première est sa croyance en l'attentisme gaulois. Il imagine les descendants de Vercingétorix si hostiles au fond de leur cœur à la domination romaine qu'ils ne lèveront pas le petit doigt pour défendre l'empire. Il ne se trompe pas complètement : les Gaulois sont hostiles à Rome et beaucoup, bagaudes en tête, travaillent à s'en libérer. Mais sans pour autant s'en remettre à un autre maître, surtout pas à un maître hun dont la réputation dépasse toutes les exécrations que Rome a pu soulever contre elle depuis Romulus.

La deuxième erreur, corollaire de la première, est sa croyance en un appui massif des bagaudes. Les bagaudes combattent certes Rome mais ne la combattent que pour eux-mêmes, non pas pour un Attila.

La troisième erreur est sa croyance au ralliement des Francs, des Burgondes et même des Wisigoths. Il leur a fait miroiter le partage de l'empire romain. Mais les uns et les autres sont déjà parties prenantes de cet empire romain. Ils ont pour la plupart le statut de fédéré qui les associe d'autant plus étroitement et profitablement à Rome que Rome est plus faible… Ils savent que le temps travaille pour eux et pas plus que les bagaudes ni les Gaulois en général ne veulent travailler pour un autre.

Enfin la Gaule est chrétienne — les évêques y exercent presque partout le pouvoir, suppléant à toutes les carences de Rome. Attila connaît des évêques. Dès le Danube, il en a rencontré, mais son incroyance génétique lui interdit de prendre en compte le facteur métaphysique.

Du Danube, ses armées s'avancent jusqu'au Rhin. Il en prépare le passage en faisant raser des forêts pour construire des ponts de bois et des milliers de barques. De façon que ses contingents puissent passer tous ensemble le fleuve le plus stratégique d'Europe depuis deux mille ans — cinq siècles seulement pour lui.

Pendant ce temps, Aétius se promène en Auvergne. Promenade intéressée : il s'en va voir Flavius Marcellus Avitus. Ancien préfet du prétoire des Gaules, Avitus avait négocié un pacte d'alliance entre Romains et Wisigoths, parvenant à surmonter la répugnance de ces derniers. Depuis, il avait conservé une grande influence auprès de leur roi Théodoric. Il s'agit de décider Théodoric à entrer en guerre contre Attila avec les Romains. Théodoric n'est pas chaud. Un envoyé de Valentinien venu le voir dans ce but n'avait obtenu que cette réponse : « Les Romains par leurs maladresses ont attiré l'orage, qu'ils s'en sortent tout seuls ! »

Avitus accepta la mission qu'Aétius lui confia. Il convainquit Théodoric que la victoire d'Attila ne serait pas la défaite du seul empire romain, que lui-même y perdrait tout : une fois les Romains vaincus, l'empereur des Huns ne le laisserait pas longtemps tranquille en Aquitaine. Théodoric le crut si bien qu'il prit lui-même la tête de son armée. Sidoine Apollinaire son gendre put ainsi écrire en son *Panégyrique* : « Les bataillons couverts de peaux vinrent se placer derrière les clairons romains[15]. »

Avitus apporta aussi à Aétius le concours de troupes de bagaudes, contre l'engagement de ne pas les inquiéter à l'issue de la campagne en raison de leurs révoltes antérieures.

Attila franchit le Rhin et entame le programme de dévastation qu'il s'est fixé pour répandre la terreur et décourager les volontés de résistance. Il a divisé ses forces pour balayer le maximum de terrain. C'est le premier exemple du « coup de faux » médité par le grand état-major de Guillaume II avant la Grande Guerre qui prit le nom de plan Schlieffen : un immense mouvement tournant de la mer du Nord et de la Manche à la Suisse.

Lui-même avance sur Trèves, s'en empare et la met à sac. Édécon renforcé de l'Ostrogoth Théodemir passe la frontière de l'Helvétie en marche vers l'Alsace. Il détruit Bâle, Windisch et Colmar. Attaqué par le Burgonde Gondioc, allié d'Aétius, il le met en déroute. Son avant-garde pousse jusqu'à Besançon. Oreste, avec le Gépide Ardaric, prend Strasbourg, Spire, Worms et Mayence. Onégèse à l'aile nord de ce grand coup de faux, flanqué de Scotta et de Vaast, prend Tongres et Arras. D'autres formations se répandent partout sans aucun ordre entre les grands axes de cette poussée, atteignent Reims, Creil, Amiens, Beauvais, Rouen et Caen. Le saccage est général. Stationné à Trèves ou à Luxembourg — la question n'est pas tranchée —, Attila ne contrôle plus les mouvements de ses hordes et s'inquiète de ses succès.

Les semblants de corps d'armée qu'il avait constitués au bord du Danube ont éclaté en quelques jours. Il n'y a plus de commandement. Le Fléau de Dieu débordé rumine déconcerté l'effet pervers de sa tactique.

La destruction de Trèves devait servir d'exemple aux populations envahies, ruiner leur moral d'un seul coup, après quoi l'invasion ne devait plus être qu'une promenade militaire. Les riches villes de la Gaule ouvriraient leurs portes en suppliant qu'on les épargne.

Or le sac de Trèves est d'abord exemplaire aux yeux des bandes féroces et désunies qui forment le gros de ses forces : le sac de Trèves par le chef suprême est à leurs yeux le signal exaltant qu'elles peuvent tout se permettre. Les contingents débandés errent dans tous les sens, se croisent et se recroisent en s'ignorant, comme les fourmis d'une fourmilière bouleversée par un coup de pied, portant toujours plus loin, dans le désarroi de leur désordre, une dévastation qu'Attila voudrait maintenant arrêter.

Cinq cent mille sauvages ivres de pillage et de destruction déambulent sans autre but sur un territoire qui s'étend de la Belgique à la Loire et du Rhin à la Manche.

Rassemblement !

La discipline fait la force principale des armées. Attila l'a toujours su mais il n'a pas eu le temps de l'imposer aux siens : on ne change pas en quelques années des habitudes séculaires. Il faut tout reprendre. Il convoque ses bras droits.

Ramener l'ordre ? Lequel ? Il n'y eut jamais d'ordre chez les Huns qu'acquiescement, toujours précaire, à l'autorité d'un chef. Mais introduire un minimum de cohésion dans ces foules anarchiques, faute de quoi l'expédition sera condamnée.

La conférence se sépare en ayant fixé trois zones de concentration que devront rallier les bandes éparpillées dans la moitié nord de la Gaule : la région de Metz-Bar-le-Duc, celle de Langres-Châtillon et celle de Reims-Châlons-sur-Marne.

Édécon, l'artilleur en chef, s'est entendu commander de développer et perfectionner son parc de balistes et de catapultes, en commençant par les engins attelés, car derrière leurs remparts de nombreuses villes narguent encore les envahisseurs incapables de les renverser.

Des émissaires sont envoyés dans toutes les directions à la recherche des formations dispersées dans la nature faisant la guerre pour leur compte en se gardant bien de donner des nouvelles. Décider les francs-tireurs à gagner les zones de rassemblement est la tâche la plus délicate.

Ordre est donné de piller le moins possible.

Attila pour sa part annonce la prise de Metz. Metz est encore à prendre mais il ne doute pas d'y parvenir bien que Metz soit la ville la mieux défendue du nord de la Gaule. C'est pour ça qu'il l'a choisie, sa prise n'en sera que plus glorieuse. Son prestige en sera conforté.

Après quoi il avancera le plus vite possible vers le sud de la Gaule dans l'espoir d'attirer Théodoric qui voudra l'empêcher d'atteindre l'Aquitaine. Théodoric anéanti, il se tournera vers les Alpes, attendra Aétius à leur débouché et l'écrasera.

Deux routes sont possibles : Langres, Chalon-sur-Saône, Lyon et la vallée du Rhône ; Reims, Troyes, Orléans, les vallées de la Loire et de la Vienne. Il choisit la seconde, espérant y trouver du renfort avec les Alains de la Loire, installés en Sologne et en Touraine depuis une centaine d'années.

Chasseurs, pêcheurs, éleveurs et agriculteurs, ces Alains, cousins des Huns, ont tranquillement prospéré, recrutant des émules dans leurs anciens territoires entre Don et Volga, qui venaient discrètement grossir leur population. Ils avaient fini par constituer une entité à part entière qui ne se mélangeait à personne, dotée d'un roi autoproclamé nommé Sangiban. Le personnage tenait sa cour quelque part entre Chambord et Cheverny, disposant d'une petite armée qu'il appelait sa garde, avec laquelle, de temps à autre, il lançait des expéditions dites de reconnaissance d'où il ne revenait jamais sans butin. C'était un pillard cynique et prudent. Aétius pour se le concilier l'avait chargé de la garde de la Loire, mais Attila, le connaissant, se fait fort de le détacher de ce devoir insipide.

Attila s'avance vers Metz. Il en parachève l'encerclement à distance. Mais ses coureurs ont découvert de nombreuses bandes de Francs qui tiennent la campagne. Il faut s'en débarrasser avant de s'en prendre à la ville elle-même. Attila espère les rabattre vers Metz, les coincer contre les remparts et les exterminer. Mais les Francs sont introuvables. Ils ont disparu. L'importance de l'armée hunnique leur a inspiré un retrait prudent.

Une seconde déception l'attend : les bagaudes sur lesquels il avait cru pouvoir compter lui font défaut. Ceux de Château-Salins, bande surtout composée de déserteurs et non pas de paysans, ont été anéantis par la bande de Nancy qui s'est déclarée contre l'invasion. Celle de Commercy, l'une des plus importantes de Lorraine, a passé contrat avec la garnison gallo-romaine de Bar-le-Duc.

Le siège de Metz commence. Les sommations sont repoussées. Un héraut trop avancé est tué d'une flèche au visage. Plusieurs jours passent sans action. Les murailles sont imposantes, les assiégés déterminés. Ils paraissent ne manquer de rien. Attila fait enfin donner les béliers contre les portes ; les équipes d'enfonceurs sont décimées par les tirs des défenseurs. Les survivants s'enfuient.

Peu après, en pleine nuit, une grêle de projectiles s'abat sur les quatre camps des Huns montés aux quatre points cardinaux, causant d'importants dégâts. Attila le lendemain matin met ses machines en batterie pour un résultat dérisoire : les remparts sont trop puissants, ils sont à peine ébréchés.

Le siège se prolonge. Il faut en finir. Un dernier héraut bien bardé de fer lance une ultime sommation offrant la vie sauve aux femmes et aux enfants, sinon le siège durera jusqu'à la famine et tout le monde mourra. La réponse est un sac de farine catapulté à ses pieds.

Attila convoque Édécon avec le *nec plus ultra* de son artillerie. Béliers à pointe de fer et béliers à griffes dits arracheurs pour disloquer les murs, catapultes géantes. Des sapeurs se mettent à l'ouvrage. Les enfonceurs sont équipés de casques spéciaux vastes comme des parapluies sous lesquels on ne craint ni l'huile bouillante ni les flèches.

Metz est si étroitement enserrée par les assiégeants qu'ils reculent leurs campements pour éviter les accidents que pourraient causer les effondrements, tenus désormais pour certains — certains et imminents —, des remparts.

Les béliers n'enfoncent rien. Les arracheurs n'arrachent rien. Les sapes ne provoquent aucun écroulement.

Attila, enragé, ne peut pas supporter plus longtemps le spectacle de son impuissance ; il décide la retraite. Il exige un ordre impeccable pour démentir sa renommée de sauvagerie et de désordre. Les Huns hébétés sont alignés par leurs gradés comme des légionnaires. Et en avant, marche ! La rage au ventre.

Édécon, l'artilleur frustré, avant de plier bagages, vide ses magasins contre Metz. Ses dernières pierres claquent vainement sur les remparts impassibles et il démarre à son tour. Les moqueries des assiégés exultants retentissent encore dans son dos lorsqu'un coup de tonnerre ébranle le sol. La muraille sud tout entière de Metz s'est effondrée d'un bloc. La ville s'offre béante aux Huns.

Édécon rappelle le gros de l'armée. Un torrent d'enragés se rue dans Metz, ignorant son empereur qui voudrait les retenir. Attila ne commande plus rien. Tout est exterminé. Tout ce qui respire est massacré, les hommes, les femmes, les enfants, les chiens, les chats, les rats, les souris. Personne n'est violé, rien n'est volé. Pas le temps de violer, pas le temps de voler. La beauté des plus belles filles ne leur vaut aucun sursis. On tue, on casse. Tout est détruit, il n'y aura pas de butin. Les vivres accumulés seront jetés dans les rues. Seul le vin d'une réserve découverte en pleine besogne trouvera grâce aux yeux des vainqueurs. Il sera bu frénétiquement. L'ivresse redoublera le carnage. On s'acharne sur les cadavres.

Quand Attila entre dans Metz, rien ne bouge, tout est mort. Les Messins pour de bon et ses hommes ivres morts. Certains indices feraient croire qu'il aurait eu devant ce désastre — l'effondrement de son autorité aussi soudain que celui du rempart —

le sentiment d'avoir déjà dépassé son apogée. Il est seul avec son dessein et une poignée de lieutenants aussi impuissants que lui face à la sauvagerie de ses troupes. Son autorité ne sera jamais assurée.

Déjà, aux commencements, si proches et si lointains, il lui avait fallu aller précipitamment rétablir l'ordre entre le Don et le Caucase, contrer les Akatzires, les Alains et même des Huns qu'il croyait avoir convaincus de la grandeur et de l'utilité de l'empire. Aujourd'hui le sac dément de Metz est plus grave. Quand les Huns de la Volga avaient rejeté son autorité en oubliant des engagements souscrits de leur plein gré, il était loin, à l'autre extrémité de l'empire. « Quand le chat n'est pas là, les souris dansent. » Aujourd'hui, hormis sa garde peut-être, ses guerriers lui sont presque passés sur le corps dans leur folie de carnage. Punir ? Il lui faudrait faire décimer les deux moitiés de son armée l'une par l'autre et il ne serait plus rien.

Que faire avec ces brutes ? Avancer, avancer toujours pour les tenir en haleine, s'accorder à leur atavisme de la destruction stupide, mais jusqu'où ? Quel empire construire et consolider avec pareils sauvages, sourds à toute raison ? Esclaves de leurs pulsions. Selon de nombreux analystes, un sentiment désastreux de fragilité l'aurait envahi.

Il faudra deux jours à ses hordes pour cuver leurs deux ivresses, du sang répandu et du vin englouti. Les cadres restés sobres auront beaucoup de peine à trouver des sentinelles pour garder les balistes, les catapultes et leurs camarades exténués par leur boucherie.

Où aller, après ça ? À Reims.

Les colonnes d'Oreste ont dédaigné Reims. En bon ordre, elles ont passé la Meuse et l'Aisne, franchi les défilés de l'Argonne en y laissant une forte garde, arrivent devant Laon non sans avoir anéanti en chemin deux concentrations franques, s'en emparent difficilement et n'y laissent plus âme qui vive, mais c'est Oreste qui l'a décidé.

Le massacre s'est fait dans la discipline et le partage du butin dans l'ordre le plus exact. Puis Oreste a fait incendier la ville. Après Laon, ce sera Saint-Quentin, enfin il fait route vers Reims où Attila lui a donné rendez-vous.

Reims est mal défendue. Son évêque, Nicaise, a décidé de ne pas résister. Il sort en grande pompe de la ville à la rencontre du Fléau de Dieu. Au nom du Seigneur Tout-Puissant, il prie l'empereur des Huns d'épargner la cité, se proposant en otage. Jadis César a épargné Reims, rappelle-t-il à Attila, se doutant que ce nom ne serait pas inconnu de son vis-à-vis, qu'il lui voue peut-être de ce respect qu'éprouvent parfois les grands prédateurs les uns pour les autres, que l'idée de l'imiter pourrait lui traverser l'esprit.

Attila l'écoute, paraît-il attentivement, penché sur son cheval. Nicaise parle toujours, mais un guerrier bouscule les prêtres qui l'entourent et le décapite. L'assassinat déclenche la ruée. Reims n'est bientôt qu'un brasier. Attila n'est même pas entré. Il s'est un peu reculé avec sa garde à cause de la chaleur. On ne sait pas s'il a puni l'assassin de l'évêque.

Pour la seconde fois en quelques jours, l'empereur des Huns se voit débordé par ses troupes.

Les détails de ces récits n'ont jamais été vérifiés. Ils donnent d'Attila l'image d'un suiveur plutôt que d'un chef. N'importe quel troupier décide de la prise d'une ville et, pourquoi pas ? du sort d'une campagne. Attila, empereur potiche ?

Il s'agit maintenant de reprendre la main. Il conduit son armée à l'ouest d'Épernay pour la haranguer. L'ordre est le thème de son discours. Les interdictions s'accumulent : interdiction de quitter les rangs pendant les marches, interdiction de marauder, interdiction de piller, interdiction d'attaquer le moindre hameau sans son ordre, interdiction de violer et de tuer, sauf dispositions contraires.

Le ravitaillement est confié à une formation spéciale de fourrageurs qui travailleront dans la persuasion — on ne prendra plus rien de force — et seront commandés par Esla.

Le respect de ces interdictions sera assuré par une police spéciale commandée par Bérik. Bérik est une brute fameuse jusqu'à la mer d'Aral. Le doute ne l'effleure jamais, l'expression « service-service » a été trouvée pour lui. Attila est son dieu. Les hordes soupirent et se résignent. Attila respire : il est toujours empereur.

L'armée ainsi reprise en main défile devant Châlons-sur-Marne puis devant Troyes. Les Châlonnais et les Troyens la contemplent, éberlués, qui s'éloigne vers Bar-sur-Aube sans leur avoir jeté un regard. C'est là qu'est prévue la jonction avec Onégèse et Oreste.

Conseil de guerre. Attila donne d'abord la parole à Oreste. L'écoute sans commentaires, raconte à son tour sa marche, laissant à Édécon la description et l'analyse de l'action de l'artillerie qui a fait merveille contre Metz. Puis il entre dans le vif du sujet : le comportement de ses troupes, insupportable, inacceptable, intolérable... Il reconnaît avoir été dépassé. Incapable d'imposer la moindre discipline ni d'éviter ce qu'il appelle d'inutiles excès.

Détruire Metz, qui avait rejeté les sommations, oui, pour faire réfléchir ; mais pas comme ça. Ce carnage-là fut une grande faute. La faute à Reims est encore pire : Reims a offert de se rendre avant toute sommation. On sait maintenant devant les Huns n'avoir rien à perdre. Loin de mollir comme le voudrait l'usage de la terreur, la résistance va se durcir. L'ennemi désormais déploiera l'énergie du désespoir.

La discipline est capitale. Il faut l'établir et la faire respecter. Les légions romaines approchent. Que fera-t-on devant leurs blocs qui manœuvrent comme un seul homme ?

Les lieutenants acquiescent. Il faut davantage d'ordre. Davantage n'est pas le mot, les reprend Attila. Davantage est impossible puisqu'il n'y a pas d'ordre du tout. Les lieutenants approuvent toujours. Puis Oreste parle. Rien n'est perdu. Les Huns savent aussi obéir. Les siens lui ont obéi. Ainsi à Laon.

À Laon, le massacre n'a commencé que sur son ordre. Après l'extermination, qui fut elle aussi méthodique, le butin a été soigneusement trié et distribué selon les règles. L'incendie a suivi à son commandement. Personne n'a allumé de torche avant sa permission.

Onégèse n'est pas du tout épaté par la satisfaction d'Oreste. Ce qu'il a fait n'est pas mieux, c'est pire, dit-il. Oreste bondit : comment, pire ? Bien pire, oui. Comment ? Oreste confond carotte et discipline, discipline et hypocrisie. Ses hommes attendent ses ordres sachant qu'il les donnera. L'attente de la récompense est alors celle du plaisir : elle l'augmente comme celle-là celui-ci. Les chiens d'une meute après l'hallali se contraignent avant la curée. Oreste ordonne des carnages qui se feraient sans lui. La discipline qu'il se prévaut d'avoir instaurée est comédie pure, de même ses commandements.

La tension est extrême dans l'état-major asiatique et Attila ne dit mot.

Selon certains historiens, Scotta aurait alors fait merveille. Il aurait encensé tout le monde, Oreste, Onégèse, Bérik, cent autres, leurs hommes et leurs chevaux, Attila par-dessus le marché, et proposé un toast impérial aux victoires des Huns, passées, présentes et à venir.

Paris

Nach Paris ! Le cri des armées allemandes encore sous casque à pointe, du Kaiser Guillaume II au mois d'août 1914, avant la bataille de la Marne, quinze cents ans après l'invasion du grand Attila, ne retentit pas plus fort que la clameur des Huns sur les éteules champenoises quand l'ordre fut enfin donné de marcher sur Lutèce.

Comme si les cavaliers mongoloïdes, ignares et illettrés, qui constituaient le fer de lance de son armée — fer d'une lance à peu près dépourvue de manche —, avaient deviné le destin de ce bourg informe, qui venait à peine de déborder de son île originelle, vers Montmartre et Montparnasse. Paris n'est Paris que depuis peu. Le nom de Lutèce prévalait encore quelques années auparavant. Quoi qu'il en soit, c'est bien Paris que découvrent les archers asiatiques. Ils s'installent loin des remparts dans la future grande banlieue. Discrets, omniprésents.

Les Parisiens se demandent que faire. Se battre ? Ils se voient mal se battant. Se rendre pour survivre ? Survivront-ils ? Les promesses d'Attila n'engageraient qu'eux-mêmes. Un consensus enfin se dégage : les femmes et les enfants quitteront Paris. Ils marcheront vers Saint-Cloud et Versailles avec une forte escorte, résignée à se battre le cas échéant, et précédés du clergé de Paris dont les prières, est-on certain, ouvriront la voie.

Mais les hommes ? Les hommes sortiront de nuit, vers l'ouest, vers Rueil d'un côté, vers Argenteuil de l'autre. Les deux chemins paraissent dégagés. On s'agitera sur les remparts de l'est pour persuader l'empereur des Huns qu'un grand coup se prépare de ce côté-là, où justement le Fléau de Dieu a fait dresser sa tente impériale. S'ils sont arrêtés, ils tendront la gorge comme l'agneau au couteau du sacrifice, implorant toutefois la vie sauve, pour laquelle ils feront comprendre qu'en ville rien ne manque et tout est intact. Les vainqueurs n'auront qu'à se servir.

Arrive Geneviève, fille du Gaulois Sévère et de la Gauloise Gérontia, propriétaires à Nanterre. Elle a vingt-neuf ans et des visions depuis longtemps. Les évêques Germain d'Auxerre et Loup de Troyes — futurs saints comme elle sera sainte — l'ont prise de bonne heure sous leur protection. Elle a déjà fait des miracles — ce mendiant boiteux qui marche comme un Basque, cette servante soudain guérie d'une colique éternelle, cette petite fille qui bégayait et maintenant parle comme un livre. Son prestige est formidable.

Les édiles lui exposent leur plan. Vous n'y pensez pas, dit-elle. Que faire ? demandent ces malheureux. Prier, prier c'est tout, répond-elle. Les

Huns n'attaqueront pas si on prie, dit-elle. Si on prie vraiment fortement. Inutile de monter la garde aux portes et aux remparts. Les femmes se sont déjà enfermées dans l'église Saint-Étienne et la basilique Notre-Dame avec les enfants. Elles désavouent les lâches qui ne pensent qu'à fuir et qui seront exterminés.

Les hommes sages se demandent si elle n'est pas devenue folle. On se demande aussi si Attila ne l'aurait pas achetée.

On se précipite vers les églises vérifier si les femmes y sont bien enfermées. Les portes sont barricadées, on entend des cantiques, on ne voit plus une femme en ville. Les plus excités reviennent vers Geneviève en vociférant. Quelques-uns lui lancent des pierres qui la manquent toutes. Elle s'agenouille, commence à prier. Les enragés s'arrêtent, se découvrent, s'agenouillent aussi et l'accompagnent. À l'aube, les Huns sont partis.

Telle est l'histoire des hagiographes. On peut ne pas croire au miracle, le mystère reste entier. Attila s'est détourné de Paris après en avoir organisé le siège. C'est la deuxième fois que l'empereur des Huns renonce à prendre une ville dont la possession ou la destruction aurait encore augmenté, sinon son pouvoir, sa réputation.

Il n'y avait pas de commune mesure entre Paris et Constantinople au ve siècle. La somptueuse capitale de l'empire d'Orient écrasait la ci-devant Lutèce, dont le seul titre de gloire était d'avoir été distinguée par Julien l'Apostat, préfet des Gaules en 355 avant son élévation à l'empire. Le héros malheureux de la restauration du paganisme contre le christianisme d'État de son oncle Constantin le Grand, mort en combattant les Perses en 363, l'avait transformée. Il en avait fait la capitale de sa préfecture et avait bâti rive gauche un ensemble de monuments — arènes, théâtre, thermes — et de belles demeures qui lui donnait grand air. Mais rien qui puisse rivaliser avec les splendeurs de Byzance. Peu importe, c'est le renoncement qui compte, non pas son objet.

On a empilé les suppositions. Les marais et les remparts l'auraient dissuadé de lancer l'assaut. L'humanité en lui l'aurait emporté sur la férocité : peu soucieux d'un nouveau massacre, que la fragilité de la discipline de ses troupes ne permettait pas d'écarter, il aurait préféré ne pas en prendre le risque. Il aurait craint que le siège ne s'éternisât, qu'Aétius n'eût tout le temps de franchir les Alpes et de lui tomber dessus, renforcé d'une masse de Wisigoths ; pour raffiner cette hypothèse, on a imaginé que Geneviève l'aurait persuadé de l'inexpugnabilité de Paris et de l'imminente arrivée des légions. Geneviève, toujours, lui aurait envoyé des clercs diplomates qui l'auraient persuadé de se retirer parce qu'il y gagnerait beaucoup plus de gloire qu'à mettre à sac une ville de plus. Le roi solognot des Alains, l'écornifleur Sangiban, lui aurait envoyé des coursiers pour l'informer que s'opérait une puissante concentration de Gallo-Romains au sud de la Loire et que lui seul, Sangiban, serait balayé.

Quoi qu'il en fût, Geneviève devint de son vivant la patronne de Paris.

Il se pourrait aussi que le siège ait été levé parce qu'il fallait aller vite. Écraser les Wisigoths sur le chemin de l'Aquitaine puis se retourner contre Aétius au débouché des Alpes, le plan était impeccable. Napoléonien — on songe à la campagne d'Italie et à la campagne de France. Tout repose sur la vitesse. « Activité, activité, vitesse ! », l'Empereur en personne a condensé en ces trois mots l'une de ses dernières directives avant Waterloo. Attila, sans l'avoir écrite qu'on sache, s'était toujours inspiré de cette devise. Puis — est-ce effet de l'âge, d'un surmenage insensé ? — Attila quinquagénaire donne des signes de lenteur sinon de mollesse. Il a perdu beaucoup de temps en Lorraine et en Champagne. Le siège de Metz fut une première faute : il a duré trop longtemps. L'effondrement *in extremis* de son rempart sud fut un piège du destin. Le sac anarchique de Metz fut la confirmation d'une faiblesse fondamentale : le Hun ne sait pas se conduire et le saurait-il que ça ne changerait rien, parce qu'il ne le veut pas. On peut envahir l'Europe à cent mille, à deux cent mille, à cinq cent mille, qu'importe : ce sont autant d'individus qui marchent chacun pour soi, sans autres desseins que particuliers, individuels et minuscules. Dès ses débuts d'empereur et de conquérant, Attila s'est attaché à corriger ce comportement. À faire comprendre à ses cavaliers l'intérêt d'une cohésion qui multiplierait leur puissance à tous. Il a pu croire y réussir, malgré les troubles qui agitèrent le Caucase et la Volga après qu'il eut jeté les bases d'un empire structuré, dès qu'il eut le dos tourné.

Il avait rétabli l'ordre — un certain ordre, si lâche qu'il fût — assez facilement en 437. Mais, après quinze ans de campagnes supplémentaires, de manœuvres magistrales et de conquêtes considérables, la ruée frénétique de ses hommes dans Metz, passant devant lui comme s'il n'existait pas, déjà ivres de la boucherie vers laquelle ils se jetaient, lui a ouvert les yeux. Ses armées ne sont que troupeaux de brutes irresponsables. Quinze ans ne leur ont rien appris.

Il va prendre le temps de les ramener à la raison, de leur inculquer *in extremis* les rudiments d'une nécessité vitale, la discipline. Quelques jours, une semaine, à peine plus, entre le désastre de Reims et le départ vers Paris. C'est une semaine de trop. Quant à Paris, grande ville quand même pour l'époque, déjà vaste, déjà imposante, elle vaudra un jour une messe mais à présent ne vaut pas un siège.

Il est impossible que là-bas dans le Sud les Wisigoths restent inertes et que les Romains ne s'activent pas. Alors, Paris… Trop heureux de se revoir vivants corps et biens, après s'être vus perdus, les Parisiens ne menaceront pas ses arrières. Le temps presse. Sus aux Wisigoths. La horde démarre vers Orléans. Où l'on entrera peut-être sans combat, Sangiban aidant.

Lenteurs

Esla est dépêché auprès du « roi » de Sologne pour lui demander de faire vite : « Activité, activité, vitesse ! » Attila arrive à Fontainebleau lorsque Esla saute de son cheval et lui annonce que la mission est accomplie. L'armée, guidée par Attila, n'avait parcouru pendant ce temps qu'un cinquième de la même distance.

Sangiban avait promis monts et merveilles à l'empereur des Huns. Pas de souci, je m'occupe de tout… Il a tenu parole. Il s'est présenté devant Aurélianum avec ses bandes interlopes, enveloppées de peaux de lapins, parfumées à l'essence de putois, brandissant des lames informes qui font des plaies affreuses, hurlant horriblement leur amour invincible pour la ville de saint Aignan. Ouvrez-nous, vous ne le regretterez pas, a plaidé Sangiban. Aignan n'était pas encore saint, mais méritait déjà de l'être.

Un jeune vicaire, sur les remparts, a demandé aux Alains d'attendre. Il va voir le père évêque et l'informer de leur désir. Il revient au bout de deux heures. L'aide des Alains est la bienvenue mais en rase campagne, autour de la ville. À l'intérieur il n'y a pas de place pour eux, la garnison est déjà trop nombreuse. Sangiban déconfit a regagné son royaume.

Attila doit renoncer à l'espoir d'entrer dans Orléans sans se donner la peine d'un siège. La peine et le temps qui presse toujours et de plus en plus, car trois cavaliers arrivent de Lyon — hors d'haleine, paraît-il, et leurs chevaux fourbus. Aétius n'a pas traîné. Il est bien plus proche qu'on ne pensait. Il a déjà passé les Alpes, il est en Arles.

À ce coup, c'est le plan tout entier d'Attila qui s'effondre. Le projet d'écraser les Wisigoths de Théodoric avant d'affronter Aétius est intenable. Que faire ?

Renoncer ? Abandonner ? Rentrer en Danubie ? Il y aurait songé. Comment a-t-il pu y songer ? Ses quatre cent cinquante ou cinq cent mille hommes lui auraient paru insuffisants contre les cent cinquante mille d'Aétius et Théodoric ? On retrouve là l'étrange fragilité, ou le lancinant bon sens, du conquérant le plus hardi du Ier millénaire. Trois contre un, ce n'est pas assez.

Sans Onégèse, il aurait renoncé, s'accordent les historiens. Il aurait fait demi-tour, se serait enfoncé dans les profondeurs de son empire de steppes et de vent. Onégèse aurait cru à la mission libératrice des Huns, destinés à libérer l'Europe du joug romain. Sans doute démontre-t-il à son empereur — cet empereur qu'il a choisi — que ses forces sont immenses et qu'il peut beaucoup se permettre, y compris d'affronter seul la coalition romaine.

On repart vers Orléans. On s'arrête à Montargis, puis à Beaune-la-Rolande, on hésite toujours. Onégèse se met en quatre : on ne peut pas renoncer, martèle-t-il, il faut prendre Orléans sinon plus personne ne croirait en Attila.

L'évêque Aignan a envoyé l'un de ses prêtres informer Aétius en Arles de l'avancée d'Attila. Ce prêtre doit dire au patrice qu'Orléans ne pourra tenir indéfiniment et que ses légions seront les bienvenues le plus vite possible.

Le vicaire revient. Aétius est pessimiste. Il a peu de monde, Valentinien a gardé pour lui les trois quarts des légions d'Italie, et il peine à en recruter d'autre. En vérité il est si faible qu'il ne peut même pas prévoir le jour de son départ. Aignan doit s'organiser pour pouvoir tenir longtemps.

Attila marche avec des pieds de plomb. La foudroyante mobilité des premiers Huns n'est plus qu'un souvenir. Le gros de ses forces s'étale maintenant entre Châteauneuf-sur-Loire et Vitry-aux-Loges, tandis qu'il parlemente avec les bagaudes et les Alains. Car sa formidable supériorité numérique ne lui suffit pas. Diplomate irrépressible, il cherche encore des alliés, toujours et partout. À moins qu'une sourde inquiétude, celle-là même qu'Onégèse qui la connaissait l'avait conjuré de ne jamais laisser paraître, l'ait poussé à ne jamais se croire assez fort, à se renforcer sans cesse pour être tranquille.

Cette inquiétude, ces hésitations, cette lenteur qui en est la conséquence, montrent Attila en Gaule très loin de l'Attila des Balkans, qui avait pensé et mené la foudroyante campagne qui avait mis à genoux l'empire d'Orient et l'avait mené aux portes de Constantinople.

Parti de Metz le 10 avril, il arrive le 19 mai devant Orléans. En quarante jours, il a couvert quatre cents kilomètres. L'encerclement est complet une dizaine de jours plus tard, le siège peut commencer. Les Alains de Sangiban, ressortis de leurs forêts, tiennent la rive sud de la Loire, les Huns le nord.

Des courriers circulent. On apprend l'alliance officielle des Wisigoths et des Romains. Théodoric n'y va pas avec le dos de la cuiller : il monte deux armées. La première — de choc — sera commandée par son fils Thorismond, tête brûlée de la famille ; la seconde — de réserve — par son fils Théodoric, raisonnable et prudent, bras droit de son père, déjà surnommé Théodoric II. On ne va pas pouvoir s'éterniser devant les remparts d'Orléans.

Le bombardement commence le 12 juin. Il est gêné par de grands merlons, composés de fascines recouvertes de terre, édifiés par les assiégés en avant de leurs remparts. On perd deux jours à les détruire pour dégager le champ de tir des balistes et catapultes. Les carreaux enflammés déclenchent en ville des incendies qui sont rapidement maîtrisés, les assiégés ne manquant pas d'eau. Les pierres des catapultes écrêtent les remparts sans les ébranler. Les béliers ne peuvent même pas arriver aux portes, arrêtés par des pluies de flèches et des flots d'huile bouillante. Les balistes d'Orléans parviennent à détruire les balistes d'Édécon. On piétine et l'évêque Aignan reçoit un message d'Aétius. Il sera là le 20 juin. Célérité incroyable, mais l'évêque n'a jamais douté de la Providence.

Le 20 au soir, pas d'Aétius. L'huile à bouillir manque. L'eau va manquer. Les remparts commencent à flancher. Aignan demande à voir Attila. « Demain, cinq heures », rapporte le héraut qui a porté sa demande, à peine un quart d'heure après son départ.

En été, il fait presque clair à cinq heures du matin. Aignan sort par la porte nord, entouré d'une poignée de diacres. Onégèse, à pied, l'attend et le conduit jusqu'à son maître.

L'évêque salue, le Hun se lève et le fait asseoir.

On tient ce qui suit de l'abbé Jacques Paul Migne, l'illustre auteur des trois cent quatre-vingts volumes des *Patrologies* latine et grecque, somme restée inachevée du fait de l'incendie de son imprimerie à Paris en 1868 qui détruisit six cent cinquante mille clichés, pour six millions de francs-or.

L'évêque d'Orléans demande à l'empereur des Huns de lever le siège et s'offre en otage. Attila refuse. Il lui demande :

« Que voulez-vous ?

— La reddition sans condition. »

Aignan proteste. Attila répond qu'il n'a pas le choix. Il prétend l'avoir encore, qu'il peut encore résister, attendre les renforts. Il les a attendus, rétorque Attila, et ils ne sont pas venus. Aignan alors en appelle à l'humanité du Hun. Attila le félicite :

« Vous voilà raisonnable...
— Empereur, j'ai confiance en vous.
— Vous avez peut-être tort », dit l'empereur.

Aignan déclare qu'il va faire ouvrir les portes, près desquelles les assiégés auront déposé leurs armes. Il demande qu'on ne tue personne et qu'on laisse aux églises leurs vases sacrés, dont « Dieu ne pardonnerait pas le vol ».

« Vous avez sauvé votre ville », lui dit Attila.

Une heure plus tard, vers six heures, Attila entend monter la clameur des cantiques. Toutes les portes d'Orléans sont ouvertes à la fois. Attila donne ses ordres. L'artillerie recule et se regroupe en vue de nouvelles aventures. Vers midi, des chariots s'avancent accompagnés d'équipes qui vont ramasser les armes des assiégés entassées près des portes et saisir les machines de jet orléanaises. Vers cinq heures, Attila fait annoncer son entrée en ville. Il se présente escorté d'un millier de cavaliers, qui vont laisser leurs chevaux hors les murs, et marche vers la cathédrale. Aignan l'attend seul sur le parvis. Les deux hommes se saluent de la tête.

La place est encombrée d'un dépôt hétéroclite de vases, vaisselle, mobilier, amphores et outres. Sur un signe d'Attila, Bérik fait transporter l'ensemble au camp. D'autres détachements visitent les maisons, raflent ce qu'ils trouvent en fait de bijoux, d'argent, d'étoffes utilisables, et les montrent à Attila avant de les déposer dans de petits chariots trouvés sur place. La visite terminée, Attila s'en va, ayant ordonné que les portes restent ouvertes.

Le lendemain 22 juin on partage le butin dans le plus grand ordre. Les alliés sont avantagés par rapport aux Huns, dont il a obtenu l'accord, pour se les attacher un peu mieux. Les Alains qui n'ont rien fait que garder la rive sud en recevront aussi, ainsi personne ne sera jaloux. Et la fête commence dans le camp sans que personne entre en ville.

Le 23, repos. Le départ est prévu pour le 26. Le gros de l'armée remontera la Loire jusqu'à Roanne, bifurquera sur Villefranche, gagnera Lyon et descendra la vallée du Rhône à la rencontre d'Aétius qui a quitté Arles. Un corps détaché de Gépides et de Goths marchera sur Tours, Poitiers, remontera la vallée de la Vienne jusqu'à Limoges et vers Périgueux. S'il n'a pas rencontré les Wisigoths, Attila lui fera dire s'il doit continuer sur Toulouse ou aller vers l'est rejoindre l'armée principale.

L'après-midi, un gros de Huns, Onégèse en tête, entre dans Orléans. Effarés, les habitants voient passer devant leurs portes ces Mongols qui ne ressemblent à rien de connu. Onégèse vient mettre au point avec le chef de la garnison la neutralisation de la ville. On va lui rendre quelques armes pour qu'elle puisse se défendre, étant bien entendu que ses citoyens s'interdiront tout appui aux Romains.

Onégèse confère encore avec le gouverneur, quand s'élève une immense clameur. Onégèse monte au rempart. Attila sort de sa tente. Une grosse armée se profile au nord sur l'horizon de la Beauce et une autre à l'ouest. Aétius et Thorismond, les Romains et les Wisigoths.

Esquive

Attila a le nombre pour lui. Il décide aussitôt d'enfoncer l'ennemi. La surprise va doper ses Huns, maîtres de la charge à fond.

Mais les armées qui se sont rapprochées ne commencent aucune manœuvre. Elles s'installent pour la nuit. Elles sont épuisées. Elles ont trop marché trop vite. Attila réfléchit : que faire ? Leur tomber dessus peut-être… Il en est là quand un détachement, avec chariots et balistes, s'avance vers les remparts, dresse une grande tente, organise un retranchement, dispose des sentinelles. Sitôt l'installation achevée, Attila voit Aétius sortir de la tente et prendre la pose, comme pour s'offrir à ses regards.

Attila appelle Constant et lui commande de se placer tout seul au haut du rempart bien en face de la porte de la tente d'Aétius au seuil de laquelle le patrice se tient toujours en représentation. Constant vole au rempart. Aétius le reconnaît, lui fait un signe de la main. Constant répond, s'efforce de lui faire comprendre qu'il voudrait lui parler. Aétius approuve et le prouve en renvoyant sa garde en arrière. Constant descend du rempart, sort d'Orléans et les deux hommes s'enferment dans la tente.

Aétius dévoile son plan. Il ne veut pas se battre. Son seul désir est qu'Attila retourne chez lui par le chemin le plus court, celui qu'il a pris pour venir. Attila doit partir de nuit pour ne pas être vu des deux armées cantonnées devant lui. Il faudrait qu'il divise ses troupes en deux corps, dont l'un passera à l'est des Wisigoths et le second à l'est des Romains, loin de leurs sentinelles respectives qui n'entendront rien. Les deux corps se retrouveraient à Bellegarde.

Son plan exposé, Aétius en démontre l'excellence. Gagnant-gagnant. Les armées restent intactes. Aétius aura libéré la Gaule de ses « libérateurs ». Attila aura berné Aétius en lui échappant et pourra se consacrer au rétablissement de l'ordre dans son empire puisque là-bas, vers la Volga, l'agitation a repris. Il est grand temps de s'y montrer.

Constant rend compte à Attila. Attila est content. À sept heures, dans la gloire d'un soir d'été tout proche du solstice, il annonce le départ nocturne, la division en deux corps, le regroupement entre Bellegarde et Beaune-la-Rolande, le grand retour à l'Est où les attendent de nouvelles victoires.

Il y a quelque chose d'extraordinaire dans cette obéissance de l'empereur des Huns au patrice romain. Il mobilise cinq cent mille hommes pour envahir l'empire d'Occident — la plus grosse armée rassemblée en Europe depuis le commencement de l'Histoire — et face à l'adversaire qui est bien loin d'en aligner le tiers et qu'il partait pour affronter, il retourne docilement à son point de départ.

Pour la seconde fois après Constantinople, son ennemi à portée de main sinon à sa merci, il tourne casaque, refuse le combat, s'en va. Dans les deux cas, l'influence d'Aétius est prédominante, mais dans le second elle l'est tellement qu'Attila s'en trouve annulé. Va-t'en, retourne chez toi, dit le général romain à l'empereur des Huns, et l'empereur des Huns retourne chez lui avec son énorme armée. Le mystère de cette retraite d'Orléans dépasse de loin celui de celle de Brunswick après Valmy — laquelle avait tant frappé ses contemporains que la rumeur courut longtemps que les diamants de la Couronne avaient acheté le Prussien.

Le mystère s'éclairerait si Attila devant Orléans s'était vu pris dans un piège. En danger de perdre la bataille malgré ses gros bataillons. Alors il n'aurait obtempéré aux instructions détaillées de son ami d'enfance que pour choisir son terrain. Ajouter la topographie à sa supériorité numérique pour frapper le coup décisif qui lui donnerait la Gaule, lui soumettrait les Wisigoths, lui ouvrirait l'Italie et livrerait à sa merci l'empire d'Occident.

Qu'a-t-il bien pu se passer entre Attila et Aétius quand le premier avait dix ans et le second quinze à la cour de Ravenne et à celle de Roas ? Quel pacte ont-ils scellé à l'âge des grands serments pour que, devenus vieux, aux moments décisifs, le Romain de Pannonie prenne à ce point barre sur le Hun que celui-ci se soumette non seulement à ses suggestions, ainsi devant Constantinople, mais encore à ses instructions détaillées devant Orléans ?

Les Romains constatent à l'aube que les Huns ont disparu. Deux cavaliers démarrent à fond de train vers le sud. Ils vont à Rome, informer Valentinien III que son général en chef est un traître. Il tenait les Huns à sa merci et il les a laissés filer, en organisant leur fuite. Et voici Aétius l'ennemi de Rome alors qu'il vient de la sauver.

Attila se dirige sur Troyes qu'il a côtoyée à l'aller. Il passe au large de Joigny et arrive devant Troyes qui est administrée par son évêque, le futur saint Loup — protecteur de sainte Geneviève avec saint Germain —, âgé de soixante-huit ans (il en vivra quatre-vingt-seize). Il attend Attila au seuil de sa ville, entouré de son clergé. Attila arrête son cheval devant lui et lui fait demander par Constant de se retirer et de laisser ouvertes les portes de la cité.

L'évêque plaide. Pourquoi Attila entrerait-il dans Troyes ? C'est une ville pacifique d'artisans et de boutiquiers, dépourvue de garnison. Il lui demande donc de l'épargner. Un massacre ne lui rapporterait rien. Il se déclare quant à lui prêt à suivre Attila avec son clergé, mais demande pitié pour la ville. Là-dessus, il s'agenouille et entre en prière.

Attila réfléchit un instant puis il dit à Constant,

désignant l'évêque : « Qu'il se lève et nous suive. » Et il reprend sa marche sans entrer dans la ville. Quelques centaines de pas plus loin, il fait un geste, s'arrête et renvoie le prélat chez lui. Il ne fera rien contre Troyes.

De Troyes, les Huns gagnent Arcis-sur-Aube. Ils y retrouvent les Gépides d'Ardaric, installés au « camp de Mauriac », dans l'angle formé par le confluent de l'Aube et de la Seine. Attila passe l'Aube pour s'établir dans Châlons et alentour. Les deux ou trois jours suivants, il perfectionne son dispositif en attendant Aétius dont l'avant-garde devrait incessamment apparaître. Car le Romain le suit avec toutes ses forces. Il ne se contente pas de faire surveiller la retraite des Huns par les bagaudes alliés, il le suit avec toute son armée à quatre jours de marche. Aétius ne voulait pas se battre devant Orléans, il se battrait maintenant n'importe où.

Il y a quelque chose de paradoxal pour ne pas dire d'aberrant dans cette seconde partie de la campagne des Gaules. Car si Attila s'est vu en danger devant Orléans au point de suivre en tous points les conseils d'Aétius, Aétius a bien dû sentir qu'il perdrait cet avantage s'il laissait les Huns partir et choisir leur terrain. Ou alors c'est qu'Attila s'est inquiété pour rien, chose étrange de la part d'un chef tel que lui.

Il s'inquiète, les faits le prouvent. L'agnostique radical qu'il est bat le rappel de tous les chamans, devins, augures, magiciens et vaticinateurs qui accompagnent ses bandes pour une grande fête divinatoire. Il n'en attend peut-être pas pour lui de révélation, mais les gesticulations de ces médiums sont très prisées des païens qui composent l'écrasante majorité de ses troupes.

Sur la place principale de Châlons va se tenir des heures durant un pandémonium d'inspirés concurrents dont les tours cumulés vont reculer les limites de la crédulité. L'hystérie est générale, les sacrifices s'enchaînent, les sortilèges se succèdent et les prédictions les plus obscures enflamment les imaginations survoltées dans une odeur de sang, d'excréments, d'os et d'herbes magiques brûlés pour déchiffrer leurs cendres.

Il faut des ordres énergiques pour faire cesser le capharnaüm. Après quoi les voyants principaux, les chefs des rites en quelque sorte, se retirent pour délibérer et désigner un porte-parole qui répondra aux questions impériales. Ce porte-parole est leur doyen.

Attila ne pose qu'une question :

« Puis-je être vaincu ?

— On peut toujours l'être, répond le vieux, mais au cours du prochain combat ton pire ennemi sera tué.

— Qui est mon pire ennemi ? Moi-même... »

Attila le sait depuis longtemps. Mais il n'a pas le droit de s'arrêter à cette finesse. Pour l'heure, c'est Aétius. Quoi qu'il en soit, il ne reste plus rien à faire qu'attendre la bataille.

Les champs Catalauniques

Les Gépides d'Ardaric arrivés les premiers et installés au « camp de Mauriac » sont les sentinelles de l'ensemble du dispositif. Ils verront les premiers l'ennemi. Leur mission est de lui interdire aussi longtemps qu'il se pourra le passage de l'Arcis.

Or ils ne voient rien venir et sont complètement surpris. Les Francs d'un certain Mérovée — roi franc salien, fils ou gendre de Clodion le Chevelu, fondateur des Mérovingiens et grand-père de Clovis — ne s'en jettent pas moins sur eux la hache à la main. Les braves Gépides, les mieux entraînés à l'ordre serré de tous les contingents d'Attila, contre-attaquent en désordre et se font tailler en pièces. Dix mille Gépides auraient péri contre deux mille Francs. C'est la première tuerie de la bataille dite des champs Catalauniques, présentée pendant des siècles en Europe occidentale comme le salut de l'Occident.

Le choc passé, les deux chefs se comportent en guerriers raisonnables. Ils décident une trêve. Mérovée ne recherche pas l'extermination des Gépides, il se contenterait de les voir repasser sur la rive nord de l'Arcis. Ardaric, qui avait réussi malgré ses pertes à établir une ligne solide au sud de l'Aube, accepte la proposition. Les Francs occupent le camp de Mauriac.

Ardaric et le reste de ses Gépides se dirigent vers Châlons. Ils rencontrent des éclaireurs ostrogoths puis une grosse troupe de Huns marchant à la rescousse. Ardaric leur confirme que les Francs sont là, mais s'ils y sont, Aétius et les autres ne peuvent pas être loin. Les Huns s'arrêtent, attendent des ordres.

Attila remanie son dispositif. Il faut obliger Aétius à allonger le sien au maximum pour que ses lignes soient le plus minces possible et plus faciles à enfoncer.

La plaine qui s'étend au sud de Châlons est pour Attila la clé de la bataille. Il se la réserve. À sa gauche il place Valamir et ses Ostrogoths. À sa droite, Ardaric et ses Gépides. À l'extrême droite, Bérik tient à l'œil les Akatzires et les Gélons.

En face, Aétius prend l'aile gauche avec ses Gallo-Romains, face aux Gépides. Le centre est confié au Burgonde Gondioc et au vainqueur d'Arcis, le Franc Mérovée, assistés de quelques bagaudes et des Alains de Sangiban, derrière qui on a aligné des Armoricains qui ne le laisseront pas quitter le champ, Aétius se méfiant de lui autant qu'Attila aurait dû.

L'aile droite est l'affaire des Wisigoths sous le vieux roi Théodoric et ses deux fils, Thorismond l'agité et Théodoric II le prudent.

Aétius prévoit au centre une charge massive d'Attila contre les Alains de Sangiban qui l'a trahi. Il escompte qu'elle aura perdu beaucoup de son élan en arrivant devant les Bretons qui pourraient la bloquer. Tandis que des formations désignées de Wisigoths, de Gallo-Romains et de Francs se détacheront de ses ailes, pivoteront d'un quart de tour et les attaqueront sur les flancs, achevant leur enveloppement. La manœuvre était célèbre. C'est celle de Cannes en 216 avant Jésus-Christ, où Hannibal cassa les reins de la puissance romaine, mais ne sut pas en profiter.

Attila part à l'attaque contre Sangiban. Aétius jubile. Mais Thorismond quitte sa place à l'aile droite et se précipite sur les Huns avec sa cavalerie, chargeant si violemment les Huns qu'ils reculent, sans être poursuivis. Attila, selon Jornandès, qui écrit cent ans après les faits et qui s'enflamme volontiers, croit nécessaire de les haranguer pour les ramener au combat. Thorismond stationne sur le terrain regagné. Les deux Théodoric, son père et son frère, s'apprêtent à le rejoindre.

Galvanisés par leur empereur et renforcés par les Ostrogoths, les Huns reviennent survoltés avant que les Wisigoths aient entamé leur mouvement. Ils enfoncent Thorismond, enfoncent Sangiban qui s'enfuit de justesse, entament les Armoricains qui commencent à lâcher pied, lorsque Attila perçoit le mouvement d'Aétius en personne qui fait pivoter son aile gauche pour se rabattre sur lui, pendant que les deux Théodoric l'attaquent sur son autre flanc et que Thorismond, revigoré, manœuvre pour lui couper la retraite.

Dans un effort suprême, il repousse les Armoricains et se lance vers l'est, en direction de Revigny pour se donner de l'air, bousculant les Wisigoths des deux Théodoric en plein désarroi. Thorismond, intraitable, entraîne les siens à sa poursuite, suivi d'un Aétius qui ne sait plus à quel saint se vouer et maintient ses légions inertes tandis qu'Attila s'éloigne.

Attila se dirige vers l'enceinte de chariots qu'il a disposée dans la vallée de l'Ornain avec une forte garde, Thorismond sur les talons. Une partie de ses hommes s'engouffre dans l'enceinte, les autres se scindent en deux masses qui vont se placer de part et d'autre. Thorismond s'est rué dans l'enclos sans penser à rien qu'à taper sur les Huns. En un instant, flèches et javelots le transforment en pelote d'épingles. Les siens le ramassent, le flanquent sur un cheval ; maintenant il faut sortir du piège. La troupe des Wisigoths encerclée par les Huns fond comme neige au soleil, tandis que Thorismond agonise.

Mais Burgondes et Francs s'approchent. Attila ne se soucie pas de se battre sur deux fronts. Il ordonne de laisser filer les Wisigoths encerclés. Les Huns s'écartent, les Wisigoths se ruent dans la brèche et s'enfuient avec leur chef mourant. Ils ne vont pas loin.

Attila les fait charger par les deux corps d'armée qui flanquaient les chariots, qui n'ont pas donné depuis des heures et ne demandent que ça. Faire face encore ou mourir, les Wisigoths de Thorismond n'ont que ce choix-là. L'arrivée des Francs et des Burgondes leur remonte le moral.

Ils affrontent ensemble la marée fraîche et déchaînée des Huns et des Ostrogoths. Les Ostrogoths et les Wisigoths se détestent depuis toujours, alors les hommes de Valamir s'en donnent à cœur joie contre ce qui reste des Wisigoths. Thorismond toujours en vie est évacué vers Châlons.

Aétius a surmonté son moment de faiblesse. Il affronte maintenant les Gépides, les Akatzires et les Gélons commandés par Bérik. Les Gélons armés de faux géantes tranchent les jarrets des chevaux romains, mais sont repoussés par les lances de leurs cavaliers. Ainsi est démontrée pour la millième fois la supériorité dans une mêlée des coups de pointe sur les coups de taille plus lents et mangeurs d'espace : le corps à corps interdit les grands balancements latéraux ou verticaux qui certes décuplent la force du coup mais découvrent celui qui le porte, l'offrant pour ainsi dire à la pointe de son adversaire. Et que faire d'une faux géante où la place manque à la balancer ?

Il y a des heures qu'on se bat. Six heures, huit, dix, davantage ? On ne sait pas bien. Les hommes qui s'affrontent ont certainement, par rapport à leurs frères du XXIe siècle, une résistance inimaginable : des muscles d'acier, des poumons de forgeron, un mental de fer… Pour tous en outre, mercenaires compris, la guerre est le divertissement suprême, la porte de la gloire et du paradis.

« Tous les hommes recherchent d'être heureux », a pu écrire Pascal au XVIIe siècle encore,

« cela est sans exception [...] ce qui fait que les uns vont à la guerre et que les autres n'y vont pas est ce même désir, accompagné de différentes vues... ». Eh bien, tous ceux qui s'agitent en ce mois de juillet sur les champs Catalauniques sont de ceux qui trouvent leur bonheur à la guerre. C'était l'esprit du temps.

Mais il y a des limites aux forces humaines, d'autant que l'alimentation de ces combattants, loin des perfections diététiques modernes — les Huns ne mangeant que de la viande, crue ou cuite, et buvant comme des trous —, ne leur permettait pas de tirer d'eux-mêmes le meilleur rendement.

Quoi qu'il en soit, voici des heures qu'ils se tapent dessus avec fureur alors ils sont fatigués, les lances filent moins vivement vers la poitrine de l'ennemi, les casse-têtes sont plus lents à retomber sur les crânes, les épées moins sûres au poing. Cela dans les deux camps. Et le massacre cesse des deux côtés.

Adieu la Gaule

Attila, ses Huns et ses Ostrogoths esquissent une retraite furtive. Presque insensible d'abord, elle se précise du fait qu'en face le même mouvement se prononce : Francs, Burgondes, les derniers Wisigoths eux aussi pour un pas en avant en font deux en arrière. Un no man's land — couvert de morts de toutes les ethnies d'Europe, d'Asie et de nombreux spécimens d'Africains, tombés ceux-là dans les rangs romains — bientôt sépare les adversaires qui soufflent et s'épongent le front d'une sueur mélangée de sang.

La distance croît lentement entre les deux masses, ralenties par les blessés qui tiennent encore debout, soutenus tant bien que mal. Quand on ne peut plus douter que c'en est fini pour aujourd'hui, une affreuse clameur monte au ciel du côté des Wisigoths. Ils pleurent leur roi Théodoric, doyen des six cent mille hommes engagés dans la journée. Le vieux Théodoric est mort, tué dans sa charge sur le flanc gauche des Huns, dès le début de la bataille. Les siens viennent de le découvrir sous un tas de ses gardes, abattus en le défendant.

Attila informé se souvient : telle était la cause du flottement qu'il avait observé chez les Wisigoths à l'instant de sa volte-face vers son enceinte de chariots. Théodoric était très vieux, sa mort n'en est pas moins heureuse, d'autant que Thorismond, le plus bouillant de ses fils, en serait à peu près au même point.

Et Aétius ? interroge-t-il. Hélas, Aétius va bien. Il a même dispersé les Akatzires et les Gépides.

Il y aurait eu cent soixante mille morts et blessés, dont la plupart devaient mourir les jours suivants — la médecine étant sommaire en ce temps-là et une coutume des Huns fort répandue consistant à se suicider lorsque les blessures étaient trop graves. Des dizaines de milliers de chevaux sont tombés aussi. La rivière Aube est rouge de sang. Les pires batailles de l'Empire resteront loin de ce résultat malgré l'invention de la poudre et les progrès de l'armement au sein de populations beaucoup plus importantes. La mitrailleuse seule permettra un jour de déclasser l'arme blanche.

On ne sait toujours pas comment les pertes se répartirent. Combien de Huns, combien de Romains, combien de Gaulois, de Gallo-Romains, d'Ostrogoths, de Wisigoths, de Gépides, de Gélons, d'Hérules et d'Alains…

La bataille des champs Catalauniques fut la plus gigantesque qui fût livrée en Occident, de la préhistoire à la Grande Guerre. Leipzig, en 1813, que les Allemands appellent encore la bataille des Nations, ne fut qu'une grosse échauffourée en comparaison. L'Europe occidentale y vit son salut, bien plus que l'empire romain qui n'avait plus depuis longtemps d'empire que le nom. C'est assez pour avoir frappé les imaginations et déchaîné les plumes des chroniqueurs contemporains dont la plupart ont avancé des chiffres bien plus effroyables de combattants et de pertes.

Le nettoyage du champ de bataille échut au futur saint Loup. L'évêque de Troyes prit les choses en main une fois retirées les diverses hordes qui s'étaient exterminées entre la Seine et l'Aube, des falaises de Champagne et de la forêt d'Othe aux confins de l'Argonne. Car le choc central d'Attila et Aétius avait été accompagné d'une multitude de combats périphériques qui avaient répandu la mort sur un espace immense. Un carré de cent kilomètres de côté sillonné au hasard par des bandes adverses, ignorant tout les unes des autres, sinon que face à face il fallait se détruire. Ce à quoi de tout leur cœur elles s'étaient employées.

Avant de s'éloigner, les armées réglées avaient hâtivement empilé leurs cadavres et les avaient recouverts de terre, élevant ainsi de grands tumulus. Mais la terre était trop mince sur les morts pour que ces espèces de silos soient étanches et que la décomposition puisse s'y faire en vase clos. La facilité qu'auraient eue les bêtes sauvages à les déterrer et leur propre fermentation, accélérée par la chaleur, auraient propagé des épidémies dont la Champagne n'avait pas besoin après les massacres qui avaient scandé l'avancée d'Attila et l'ordalie finale des champs Catalauniques.

Quant aux bandes qui s'étaient heurtées un peu partout, souvent très loin du grand combat, les vainqueurs de ces affrontements incohérents, qui étaient allés de l'escarmouche à la bataille rangée, tâchaient le plus souvent de donner à leurs morts des façons de sépulture, mais ceux des vaincus dont les survivants s'étaient enfuis étaient laissés là. Alors il y avait partout des corps abandonnés, pourrissant à ciel ouvert au soleil de juillet. La date qui paraît aujourd'hui la plus vraisemblable pour la grande bataille serait le 4 ou le 5 juillet, mais on s'est étripé près d'une semaine dans le périmètre élu par l'empereur des Huns.

Les équipes de fossoyeurs et de nettoyeurs dépêchées par l'évêque de Troyes mettront des semaines à rendre au pays un aspect ordinaire. Ils brûleront beaucoup de chevaux et aussi d'hommes morts, notamment ceux des tumulus qu'il fallut ouvrir et purifier par le feu. Le nettoyage des rivières sera l'autre grande affaire. L'Aube était si pleine de morts qu'elle inondait les champs.

Le combat interrompu, les Wisigoths, qui sans doute avaient le plus souffert, seront les premiers à quitter le champ de bataille. Ils vont rendre immédiatement les derniers honneurs à leur roi tué et proclamer pour successeur son fils Thorismond, bien qu'il soit toujours mourant ou peut-être à cause de ça. Puis, trois jours après la fin du grand massacre, ils quittent de nuit le terrain de leur épreuve et vont reprendre des forces entre Sézanne et le début de la vallée de la Somme avant de repartir pour leur Aquitaine.

Attila, le lendemain, va se retirer loin au nord de Châlons, dans l'actuel camp de Mourmelon. Les Francs vont le suivre, en surveillance lointaine.

Deux jours plus tard, les Burgondes de Gondioc démarrent en direction de Chaumont sur la route de leur Bourgogne.

Aétius a dressé son camp entre la Marne et la Vière. Il envoie des équipes creuser des fosses communes dans l'actuel camp de Mailly et les remplir de ses morts. Un très grand nombre de squelettes y seront retrouvés quinze siècles plus tard. Puis, quatre jours après les Burgondes, resté maître du champ de bataille par la désertion générale, il prend le chemin d'Orléans avec ses légions.

Seize siècles plus tard, le mystère demeure. Pourquoi ce départ d'Attila qui a commandé tous les autres ? Dans l'hypothèse impossible où toutes les pertes auraient été pour les Huns, il aurait eu encore trois cent cinquante mille hommes à opposer à moins de la moitié. À beaucoup moins de la moitié : les Wisigoths avaient été affreusement malmenés, les légions et les Francs avaient beaucoup souffert, personne n'était indemne. Le bilan de l'immense effort de l'Asie contre l'Europe n'était pas désavantageux. Pourtant Attila s'en va. S'en retourne invaincu sinon intact vers le Rhin et le Danube.

On s'est beaucoup demandé si la résistance gauloise ne l'avait pas fait réfléchir. S'il ne se serait pas inquiété de s'enfoncer trop loin dans un pays dont les habitants se défendaient avec tant de violence qu'il ne pouvait s'imaginer y être le bienvenu. Il n'avait pu s'y concilier personne en dépit de sa diplomatie qui partout ailleurs lui avait valu tant de succès. Les Alains installés au cœur de la Gaule l'avaient trahi ; les bagaudes, si hostiles aux Romains pourtant, avaient repoussé son amitié ; les Wisigoths ne s'étaient pas laissé abuser. Personne ne l'avait accepté. Puis la terreur exemplaire qui devait anéantir l'esprit de résistance n'avait pas eu l'effet escompté. Les massacres de Metz, de Laon et de Reims n'avaient servi à rien. L'avaient peut-être desservi, même… Se poser en libérateur et exterminer les libérés était contradictoire.

Peut-être fallait-il s'y prendre autrement, se serait dit Attila. Réfléchir avant de revenir à nouveaux frais, nouvelles méthodes. C'est plausible. L'obsession de l'Occident ne le quittera pas. Il n'a pas tenu à lui qu'il revienne.

Toujours est-il qu'abandonnant les champs Catalauniques Attila les quittait avec toutes ses forces — toutes celles qui lui restaient et restaient énormes — tandis qu'Aétius avait vu partir tous ses alliés : bagaudes, Burgondes, Wisigoths et Francs (il ne restait plus d'Alains pour l'abandonner, ils étaient tous morts, écrasés par les Huns contre les Bretons). Aétius ne disposait plus que des maigres légions que son détestable empereur Valentinien III avait consenti à lui confier pour sauver son empire.

Si bien que l'estimation risquée ci-dessus des forces en présence après le grand choc du 4 ou du 5 juillet 451 en Champagne doit être révisée drastiquement. Le rapport n'est plus de trois contre un en faveur des Huns, mais de quatre ou peut-être cinq contre un. On ne connaît pas d'autre exemple dans l'Histoire d'une modération semblable à celle d'Attila. Quel amour, quel calcul, quelle mélancolie a pu lui faire rebrousser chemin ?

On comprend très bien pourquoi Aétius, affaibli par ses pertes et par le départ de ses alliés, ne l'a pas poursuivi.

De Châlons jusqu'au Rhin, Attila, selon Priscos[16], laissera derrière lui les huit à neuf mille morts des champs Catalauniques, qui seront rapidement enterrés « dans les berges molles des rivières ». Les Francs qui les raccompagnent laissent le même sillage, mais ils peuvent confier leurs blessés aux monastères qui jalonnent la route.

Ruminations

Ayant franchi le Rhin sous les yeux des éclaireurs de Mérovée qui n'iraient pas plus loin, Attila réunit ses forces dans la région de Stuttgart pour un grand inventaire qui sera suivi d'une conférence générale.

Édécon, Onégèse et Oreste sont là. Bérik manque, Constant aussi, on n'en parlera plus. Il n'est pas invraisemblable qu'ils soient morts en Champagne.

Attila donne le ton. On ne va pas en rester là, on reviendra en Gaule, mais il y a plus urgent : l'Italie, siège de l'empire d'Occident, et prochain objectif. La décision est prise avant le retour au Danube natal, à la frontière ennemie.

Les nouvelles sont bonnes. Aétius s'attendait peut-être aux honneurs du triomphe romain pour l'avoir contraint, lui Attila, à la retraite. Il est déçu. Quand il arrive devant Ravenne avec son armée qui le tient pour le plus grand capitaine de son temps, l'empereur ne le reçoit même pas.

Il s'inquiète, se renseigne : il a trahi pour la seconde fois. Les champs Catalauniques ont été la répétition d'Orléans. Aétius a laissé pour la seconde fois filer Attila qu'il tenait à sa merci. Il est complice du Hun.

Un gouffre s'ouvre sous les pieds du candidat au triomphe. La calomnie, ce n'est pas la première fois. Valentinien le déteste, il le sait depuis toujours, mais il a toujours eu besoin de lui. Pourrait-il n'en avoir plus besoin ?

Le favori de Valentinien, Maxime Pétrone, vient le voir et confirme tout. Le vainqueur des champs Catalauniques est un traître à Ravenne.

Attila est très vite informé. Le destin est avec lui. Valentinien travaille pour lui. Qu'il a bien fait de repasser le Rhin !

Il avait médité de s'enfoncer lui-même vers l'est afin, pour la troisième fois, de rétablir l'ordre entre Vistule et mer Caspienne. Il aurait appelé son fils Ellak auprès de lui et lui aurait fourni tous les moyens de régner à sa place sans encombre entre le Don et le Caucase. Onégèse l'en avait dissuadé : il était irremplaçable face à l'empire romain. Onégèse s'était proposé d'y aller pour lui, mais il lui avait tenu le même langage : « J'ai besoin de toi ici même. » Onégèse montera la garde le long du Rhin et face aux Alpes quand il sera en Italie. Édécon aussi ; il renforcera l'artillerie. Oreste ira dans l'Est et devra faire vite s'il veut aller en Italie, ce qui est son plus cher désir. Sinon Attila partira sans lui.

Oreste, survolté, démarre. Il doit s'attarder en Russie pour réconcilier les « hommes des campagnes » et les « hommes des forêts », Greutunges, variété d'Ostrogoths, et Tervinges, variété de Wisigoths. Les premiers se plaignaient des seconds qui surgissaient de leurs halliers pour saccager leurs cultures. Il doit encore calmer les Roxolans, agités et sournois, qui resteront inquiétants. Les tribus caucasiennes et caspiennes s'apaisèrent avec ensemble à son arrivée. Seuls les Alains ne purent être prêchés, pratiquant l'esquive perpétuelle.

Attila va descendre en Italie par Sirmium, sur la Save, en Pannonie inférieure. Puis il ira mettre le siège devant Aquilée, la place la plus forte de toute la péninsule, au nord-est de Venise, au fond de l'Adriatique, réputée imprenable. Aquilée prise, il y laissera un corps d'armée pour prévenir toute intervention de l'empire d'Orient qui sera appelé à la rescousse et fera peut-être un effort.

Vénétie, Ligurie, Étrurie seront les étapes suivantes de sa progression jusqu'à Rome qu'il se réserve de prendre en personne. Après quoi, en fonction des circonstances, il remontera peut-être jusqu'à Aquilée rejoindre le contingent qu'il y a laissé et de là, tous ensemble, ils marcheront sur Constantinople où il n'est pas interdit de rêver d'entrer. Grandiose exploit que d'entrer coup sur coup dans les deux capitales de l'empire romain !

Ce plan tracé, il importe de recruter des alliés. À ce point, comme toujours, les difficultés s'accumulent. Les Ostrogoths sont fidèles mais ils sont fatigués par la campagne des Gaules et souhaiteraient se reposer quelque temps dans la Tisza où ils prospèrent avant de franchir les Alpes. Valamir leur roi, grand ami d'Attila, lui enverra un contingent, mais la grande masse des colosses ostrogoths qui ne lâchent jamais pied ne sera pas au rendez-vous.

Les Gépides de la Dacie — Roumanie d'aujourd'hui — sont aussi des fidèles, et Ardaric, leur roi, est un grand admirateur de l'empereur des Huns. Mais les pertes ont été lourdes en Gaule et la Dacie comme la Tisza a des charmes dont on ne souhaite pas trop s'éloigner. On fournira un contingent, mais la lourde infanterie gépide qui sait se faire craindre des légions ne pèsera pas de tout son poids.

Les Hérules de Hongrie septentrionale se sont battus comme des lions en Gaule, mais les chefs de ceux d'entre eux qui étaient restés garder la maison se sont querellés avec tant de hargne que l'armée à son retour éclata en autant de factions que de clans. C'est l'anarchie chez les Hérules. Attila doit en faire son deuil.

Peu d'alliés donc, mais qu'importe. Sus à l'Italie !

Pendant ce temps, Aétius se fait du souci. Il craint le retour d'Attila, voit l'Italie peu défendable et conseille à Valentinien de s'installer pour sa sûreté en Gaule avec sa cour. À Tours, à Blois, à Orléans... Pour se rapprocher des Francs qui ont été si efficaces aux champs Catalauniques.

Le conseil soulève un tollé. Valentinien ne bougera sous aucun prétexte. Alors Aétius le conjure de quitter au moins Ravenne. Ravenne n'est pas une bonne place. Les marais qui la protègent peuvent aussi être utilisés pour s'en rapprocher. L'empereur devrait aller à Rome. L'idée de se réfugier à Rome n'est pas scandaleuse pour un empereur romain. Valentinien n'y serait pas opposé. Mais les fortifications de Rome sont en ruines. Aétius reçoit les pleins pouvoirs pour les réparer. Il part pour Rome sur-le-champ. Plusieurs mois d'un travail forcené rendent aux remparts de la Ville éternelle leur puissance et leur splendeur. L'empereur peut venir, il n'y craindra rien.

Aétius s'en va alors à Constantinople, chercher de l'aide auprès de Marcien. Plaider pour une défense commune contre l'empereur des Huns. Marcien n'en voit pas la nécessité. À ses yeux, l'empire d'Orient est à l'abri de tout danger. Aétius aimerait l'impliquer dans la protection d'Aquilée. Marcien ne voit pas Aquilée en danger. Attila n'ira pas jusque-là. Même s'il y allait, il n'y mettrait pas le siège. Aquilée est imprenable. Il passera au large, descendra vers Rome.

Pas de secours immédiat de l'empire d'Orient. Si Attila arrivait, Aétius pourrait l'arrêter sur le Pô et alors lui, Marcien, interviendrait au nord. Il serait pris entre deux « feux ». Mais Marcien n'y croit pas. Attila n'aura pas cette audace. Quand il lui a refusé le tribut accepté par le Calligraphe, Attila n'a pas réagi. Marcien pense l'avoir dompté. Voire, pense Aétius.

Testament

Janvier 452. Attila réunit son conseil à Buda. Onégèse, Édécon, Oreste et Esla, venu des bords de la Caspienne. Il les informe qu'il est malade. Depuis plusieurs mois, il ne se sent pas bien. Indigestions, vomissements, migraines féroces, interminables hémorragies nasales, crachements de sang, évanouissements. Ses trois médecins, le Gaulois, le Grec et le Hun, le saignent souvent ; ça le soulage mais l'affaiblit. S'il a envoyé Oreste à l'est, c'est de peur d'abuser de ses forces s'il y allait lui-même.

Consternation chez les fidèles.

Mais maintenant ça va mieux. Beaucoup mieux. Il n'exclut pas de guérir. Mais on ne sait jamais. L'apoplexie n'est pas impossible. Il faut préparer l'avenir de l'empire auquel seule demain la Chine pourra être comparée.

Il détaille : son successeur sera son fils aîné Ellak ; il sera assisté d'Onégèse ; il lui faudra bouger beaucoup pour assurer la cohésion de l'empire, en visiter périodiquement toutes les parties, royaumes et provinces. Ernak, le plus jeune de ses fils, régnera sur la Gaule et l'Italie qui vont être conquises. Édécon sera son mentor. Quatre autres fils, Uzindur, Denghizikh, Gheism, Emnedzar, reçoivent en apanage des territoires précis. Dans l'ordre : de l'Oder au Dniepr ; du Dniepr à la Volga ; de la Pannonie à la mer Noire ; de la Volga à la mer d'Aral et jusqu'aux confins orientaux de l'empire. Si Ellak mourait, Ernak serait l'empereur. (Un devin a prédit qu'Ernak serait le dernier de ses fils à disparaître.)

Les fidèles prêtent serment de respecter ces décisions. Une fête est donnée le lendemain où Attila fait annoncer la date du grand départ, le 20 mars, de Sirmium.

Léon le Grand

Le torrent des Huns franchit les cols des Alpes. Vous êtes le général en chef de l'empire et vous seul êtes capable de le sauver[17].

Le message de Valentinien a été apporté par deux grands dignitaires accompagnés d'une garde d'honneur. Aétius saute à cheval. Il part pour Rome, ayant envoyé un officier à Ravenne pour prier l'empereur de l'y rejoindre. Rome tiendra bon dans ses murs neufs.

De Rome, il écrit à Marcien, l'informant qu'il va s'établir au sud du Pô et le conjurant de couper la retraite aux Huns. Il écrit aussi à Avitus, le suppliant de demander leur concours aux Wisigoths pour la seconde fois. Mais depuis les champs Catalauniques, les Wisigoths s'entretuent et Avitus ne bougera pas.

Il dispose ses troupes au sud du Pô. La tâche est contradictoire : établir la ligne la plus longue et la plus profonde possible. Puis il renforce la garnison d'Aquilée et de quelques autres places. Au nord du Pô, il n'y a rien.

Dans sa *Chronique* de l'année 452, Prosper d'Aquitaine écrira : « Les habitants paralysés par l'angoisse étaient hors d'état de se défendre[18]. »

Attila passe par Ljubljana en Croatie (de son temps Nauportus), franchit les Alpes Juliennes, extermine la garnison du camp dit de La Rivière froide qui en surveillait le débouché, prisonniers compris, avance sur la « barrière » du Sontius, deuxième échelon des positions romaines à cheval sur le torrent Sontius, l'Isonzo d'aujourd'hui. La « barrière » est à présent Gorizia, après avoir été le Goritz de l'Autriche-Hongrie.

La barrière est enfoncée très vite et sa garnison massacrée comme celle de La Rivière froide. Après l'Isonzo, il n'y a plus d'obstacle entre les Huns et la Vénétie. Vénétie d'avant Venise où tout est ravagé. Puis Attila se retourne contre Aquilée qui a été laissée en arrière sur sa péninsule qui divise l'Adriatique entre la Dalmatie et le cordon de lagunes où commencera de s'élever la Sérénissime trois siècles plus tard.

Aquilée avait gagné le surnom d'Imprenable après l'échec du Wisigoth Alaric qui avait pillé Rome en 410. C'était le plus beau port de l'Adriatique, une grande place commerciale et la porte de l'Italie quand on venait du nord-est. Le siège est mis. Au bout d'un mois, aucun progrès et le monde à l'envers : les assiégeants ont faim. Ils ont dévasté si bien les campagnes environnantes qu'ils n'y trouvent rien à manger. Attila expédie très loin des escadrons de fourrageurs qui ne rapportent que des broutilles. Les assiégeants, l'estomac vide, sont assaillis par la colique. On entend les malades gémir jusqu'au centre d'Aquilée.

Un autre mois passe sans progrès. Attila envisage de lever le siège, comme Alaric l'avait fait sans manquer de prendre Rome. Mais il voit un vol de cigognes quittant la ville vers la campagne. C'est un présage. La ville est condamnée. Il faut s'obstiner.

Les jours passent. Les diarrhéiques sont abreuvés de lait de jument qui répare leurs intestins. Les catapultes continuent de catapulter. Les sapeurs de saper. Enfin, encouragement décisif, un premier mur, de couverture soit et dont la chute ne donne accès à rien, s'effondre.

Pas de quoi pavoiser pourtant : on est bloqué là depuis trois mois et l'empereur d'Orient se réveille. Marcien envoie des légions en Mésie. Il n'y a plus une seconde à perdre. Le bombardement redouble. Les équipes de sapeurs sont renforcées. Enfin de vrais remparts s'effondrent. Une grande partie des assiégés s'enfuient vers l'ouest le long de la côte, vers les lagunes où sera Venise. Les Huns entrent dans Aquilée et tuent tous les autres, sur ordre d'Attila, pour l'exemple une fois de plus. Voilà ce qu'on gagne à lui résister.

Le massacre ne suffit pas, Aquilée est rasée.

La nouvelle frappe d'épouvante la vallée du Pô. Cent villes — Altino, Padoue, Vicence, Mestre, Arcole, Este, Rovigo, Ferrare, pourtant au sud du Pô… sont évacuées par leurs habitants qui vont se cacher dans les lagunes. D'autres ouvrent leurs portes et réclament merci. Pas de merci. La mort pour tout le monde.

Les Huns se répandent en Lombardie, en Piémont et en Ligurie. La dévastation est méthodique. Mantoue, Vérone, Castiglione, Crémone, Brescia, Bergame, Lodi, Pavie, Milan, Côme, Novare, Vercelli, Cigliano, Mortara, Magenta, Vigevano sont mises à sac. Aétius ne bouge pas. Il reste au sud du Pô, s'estimant sans doute trop faible pour porter secours aux victimes d'une entreprise d'anéantissement nouvelle en Europe.

Aétius ne bouge pas, Onégèse bouge : il franchit le Pô tranquillement entre Crémone et Plaisance. Attila bat le rappel de ses hordes au sud de Mantoue, au confluent du Pô et du Mincio sur la route qui mène à Rome par les Apennins. Le rassemblement demande des semaines en raison de la dispersion des massacreurs dans toute l'Italie du Nord. Il est achevé vers le 20 juin 452. Et Attila déclare qu'on va rester là. Stupeur dans les rangs. Et Rome, alors ?

Une même stupeur aurait frappé Aétius quand il apprit le passage du Pô par Onégèse. Une fois revenu à lui, il prend deux décisions : donner la chasse à Onégèse et surtout disloquer son dispositif pour concentrer ses forces dans l'attente d'Attila. Car il est persuadé qu'Onégèse commande l'avant-garde des Huns et qu'Attila va survenir derrière lui avec le gros de son armée. Il rassemble en toute hâte de puissants effectifs entre Crémone et Plaisance, où Onégèse est passé. Au fait, où est-il passé ? s'inquiète-t-il accessoirement. Car ses chasseurs reviennent bredouilles ou ne reviennent pas.

Onégèse pour les tromper a envoyé des éléments dans toutes les directions, y compris les plus improbables — revenir vers le Pô par exemple au lieu de marcher vers le sud. Ces éléments ne se contentent pas de leur rôle de leurres. Ils s'installent en embuscade, attendent leurs poursuivants et les taillent en pièces. Une espèce de guérilla galopante est imposée à Aétius par des Huns insaisissables. Il rappelle toute sa cavalerie de la rive sud du Pô pour renforcer les poursuites et les reconnaissances, connaître enfin les mouvements d'un ennemi qui lui échappe complètement. En vain.

Onégèse se multiplie sur les arrières romains. Il est partout à la fois et nulle part. Il concentre sur tel point, ostensiblement, des forces alléchantes : calculées pour que les Romains soient sûrs de les battre s'ils y mettent les moyens. Les Romains se précipitent en nombre et ne trouvent personne. Les Huns se sont égaillés, évanouis dans la nature. Aétius ne sait plus où donner de la tête.

On lui signale enfin en Émilie au sud de Parme une concentration trop grosse pour le jeu de cache-cache. On l'informe que cette force a pris la route de Carrare, dans le but évident de longer la Méditerranée pour aller à Rome. Aétius très inquiet fait descendre le gros de ses forces du Pô vers l'Étrurie qui est aujourd'hui la Toscane.

Onégèse regroupe les siennes entre Carrare et Massa. Ce ne peut être que le prélude à la marche sur Rome... Mais Onégèse une fois de plus disperse ses troupes, de Massa et Carrare jusqu'à

Pise et Florence, comme s'il voulait nettoyer le pays avant de marcher vers la capitale de l'empire. Aétius ne sait plus à quel saint se vouer. Il a tort de se tourmenter : Attila n'a pas quitté Mantoue.

Il n'a pas quitté Mantoue pour trois raisons : la maladie, l'épuisement, la panique à Rome.

Premièrement : dans la seconde quinzaine de juin, les chaleurs de la plaine marécageuse du Pô ont déclenché de nouvelles fièvres et coliques qui désarment une partie des Huns.

Deuxièmement : les ravageurs du Piémont, de la Lombardie et de la Vénétie sont revenus exténués de leurs ravages (ils ont commis tous les excès auxquels les invitait la richesse de ces provinces, et le transport d'un butin énorme a parachevé leur épuisement).

Troisièmement : Rome est prête à capituler. Rome s'affole. Valentinien et ses conseillers n'imaginent même pas qu'Aétius puisse arrêter Attila. Ne reste plus qu'à tenter d'éviter le pire. À obtenir, quel qu'en soit le prix, qu'il épargne Rome.

On décide de lui envoyer une ambassade qui lui demandera ses conditions. Chargée de cadeaux somptueux pour l'envahisseur, cette délégation a pour première instruction de ne pas faire la fière ; il faudra supplier ; accepter le versement d'un tribut annuel qui pourrait être considérable s'il n'exigeait pas d'avantages territoriaux.

Qui envoyer en ambassade ? Aétius, naturellement. Mais Aétius refusera. Une délégation du Sénat ? On réunit le Sénat. Le Sénat, unanime, est d'accord pour composer. Des sénateurs sont désignés. Mais on s'inquiète : le peuple ? Que va-t-il penser ? Il pourrait se croire trahi par l'empereur et les nantis. On convoque le peuple en assemblée générale. On lui expose quelle menace se rapproche : la destruction de Rome et l'extermination des Romains. Que veut le peuple ? la paix ou la guerre ?

La paix !

Le peuple préfère-t-il attendre Attila ou lui envoyer une ambassade ?

Une ambassade !

Le Sénat se réunit en présence de l'empereur. Qui dirigera l'ambassade ? Car on craint par-dessus tout qu'Attila ne reçoive personne. L'empereur lui-même ne le serait peut-être pas... Un éminent sénateur, Gennadius Avienus, se lève :

« Le pape sera reçu », dit-il.

Personne n'y avait pensé, tout le monde approuve.

Qui est le pape ? C'est un Toscan d'environ soixante-dix ans qui s'appelle Léon. Léon Ier. Bientôt Léon le Grand, plus tard saint Léon.

Il est pape depuis douze ans. Philosophe de formation, il combat les hérésies — manichéisme, priscillianisme, monophysisme — avec une intelligence et une énergie impressionnantes. Le monophysisme, pour qui le Christ n'était qu'un homme, était la plus dangereuse. Il en a magistralement triomphé.

Trois ans plus tôt, en 449, il a publié sa *Lettre dogmatique* pour préciser la doctrine catholique sur l'unité de la personne et la dualité des natures du Christ, qui est Dieu et qui est homme. L'année précédente — 451 — il a convoqué le concile de Chalcédoine qui a foudroyé le monophysisme.

Léon Ier accepte la mission qui lui a été proposée au nom de l'empereur par Gennadius Avienus et un autre sénateur, le préfet Trigetius.

La rencontre aura lieu le 4 juillet. Quelques jours avant, le pape a dépêché un évêque vers Attila, escorté de quelques diacres à cheval comme lui, porteurs de l'étendard pontifical et d'une grande croix d'argent — l'étendard certifiant que le messager représente bien le souverain pontife. Arrivé au pont de Mantoue, l'évêque tombe sur Aétius qui monte la garde avec ses légions. Le général est surpris par cette ambassade du pape à l'empereur des Huns. De quoi s'agit-il ? demande-t-il à l'évêque. L'évêque ne sait pas. Le message est secret, il n'en est que le porteur. Aétius lui propose une escorte et un héraut pour l'annoncer aux Huns. L'évêque refuse, enfile le pont. À l'autre bout une sentinelle lui fait signe d'arrêter. Il s'arrête. Trente minutes passent, Oreste apparaît. L'étendard pontifical ne lui est pas inconnu. Il dispose une garde d'honneur au débouché du pont et s'avance vers l'ambassade en lui faisant signe de faire de même. Arrivé près de lui, l'évêque descend de cheval, Oreste aussi, ce qui est à remarquer. Les deux hommes se saluent. L'évêque donne la raison de sa visite : un message du pape à l'empereur des Huns. Oreste fait installer la délégation sous une tente d'apparat, lui fait servir à boire et à manger, prend le message en annonçant son retour.

Il revient deux heures après. Attila salue le pape et le remercie d'avoir pensé à lui. Il le recevra le 4 juillet. La conférence se tiendra sur le champ Ambulée, traversé par le Mincio. Il demande que d'ici là personne ne bouge chez les Romains, lui-même ne bougera pas non plus.

L'évêque s'engage pour les Romains : la trêve est bienvenue, ils ne bougeront pas. Oreste lui tend un message scellé, la réponse à Léon de l'empereur des Huns. L'évêque remonte à cheval et retourne à Rome.

Le 4 juillet vers onze heures, le pape se présente devant Mantoue, flanqué d'Avienus, de Trigetius et de Prosper d'Aquitaine au poste de secrétaire. Dix diacres en blanc les suivent avec l'étendard pontifical et le crucifix d'argent. Dix légionnaires en grande tenue complètent le cortège. Auprès de Léon Ier, Avienus représente l'empereur d'Occident ; un diplôme revêtu du sceau impérial en fait foi.

C'est Aétius qui les accueille et les accompagne jusqu'à l'entrée du pont sur le Mincio. Oreste les attend de l'autre côté. Léon demande quand aura lieu la première rencontre. Oreste répond cet après-midi, à l'heure que Léon voudra.

Oreste poursuit : Attila souhaite instamment que le pape se repose, l'invite à dîner le soir même et à siéger en face de lui pour qu'ils président ensemble le repas. La conférence proprement dite ne commencerait que le lendemain à l'heure choisie par le pontife. Étonnante sollicitude du Hun pour le vicaire du Christ.

Léon approuve tout. Il se reposera jusqu'à cinq heures et attendra Oreste en habits pontificaux pour faire honneur à l'empereur des Huns. Il accepte le dîner, se dit flatté de présider le repas avec lui et choisit neuf heures du matin pour ouvrir le lendemain la conférence.

Pour rencontrer le Fléau de Dieu, le pape porte « une mitre de soie brochée d'or, arrondie à la manière orientale, une chasuble de pourpre brune, avec un pallium orné d'une petite croix rouge sur l'épaule droite et d'une autre plus grande au côté gauche de la poitrine ».

Attila est vêtu à la romaine : grande toge blanche à col d'hermine, précieux colliers tombant très bas sur la poitrine.

Le dîner commence et finit. Il semblerait que les deux présidents — l'empereur sauvage et le pape philosophe — ne se soient pas déplu. Une espèce de courant serait passé entre eux. Atomes crochus insoupçonnables.

La conférence du lendemain matin à neuf heures est reportée. Attila et Léon ont décidé de se voir en tête à tête dans l'après-midi. La rencontre, à laquelle doivent participer les deux sénateurs et Prosper d'Aquitaine d'un côté, Onégèse, Édécon et Oreste de l'autre, est fixée au lendemain 6, dans la matinée.

On ne sait pas ce qu'ont pu se dire Attila et Léon, seul à seul, le 5 juillet dans l'après-midi. On ne le saura jamais. Mais la surprise qui en résulta étonne encore.

Le lendemain 6, en conférence générale, Attila

déclare lui-même que tout est réglé. Il quittera l'Italie le 8. L'empereur d'Occident lui versera pendant cinq ans un tribut supportable. Il promet de laisser en paix la Gaule et l'Italie, à condition qu'on ne lui cherche aucune noise à lui-même. Il demande à Valentinien d'inviter Marcien à lui payer le tribut à quoi s'est engagé Théodose le Calligraphe, son prédécesseur. Et attend du même Marcien la même tranquillité que de la part de Valentinien. Sinon il ne répond de rien. Puis il salue Léon Ier, se déclarant très honoré que « l'homme le plus sage du monde » lui ait rendu visite.

Selon Prosper d'Aquitaine qui prit note de tout et qui est insoupçonnable, le pape aurait été si ému qu'il serait resté muet.

Les deux hommes sans un mot, à la stupeur de leurs entourages, se donnent l'accolade. Le pape se retire. Quitte ses habits pontificaux pour une simple tenue blanche et demande son cheval.

Oreste accompagne l'ambassade romaine jusqu'au pont sur le Mincio. Aétius attend de l'autre côté. Il demande ce qu'il doit faire à Avenius. Préparer son départ, répond le sénateur. Pour partir quand ? Demain soir au plus tard. Et Attila ? Attila s'en va aussi. Quand ? Après-demain. Où ira-t-il ? Où il voudra. Où dois-je aller moi-même ? À Rome. Aétius effaré insiste : est-ce un ordre ? Oui, de l'empereur.

Attila décampe le 8, comme annoncé. Son armée jubile. Le butin est immense. Chacun est d'autant mieux comblé qu'Attila a distribué à ses troupes une grosse portion de sa part personnelle qui est colossale. Si nomades soient-ils et passionnés de combat, les Huns sont heureux de rentrer chez eux enfin riches.

Ils remontent l'Adige à travers les Alpes. Arrivés à hauteur d'Innsbruck, ils bifurquent vers le lac de Constance, de là avancent jusqu'à Augsbourg. Le Danube n'est plus loin, ne reste plus qu'à descendre le Lech, plein nord.

Mais la proximité d'une patrie indécise où ils n'auront plus rien à faire qu'à jouir de leur fortune allume la mélancolie toujours latente dans le cœur des archers à cheval : une dernière fois, ils veulent être eux-mêmes avant de s'alanguir dans la steppe hongroise. Ils supplient leur empereur de leur accorder le pillage d'Augsbourg. Attila hésite puis dit : faites vite ! Il est parfaitement obéi.

Pourquoi ?

Cette troisième retraite d'Attila stupéfia l'Europe. Il avait dédaigné Constantinople, c'était déjà incompréhensible. Il avait quitté les champs Catalauniques avec une armée qui demeurait trois ou quatre fois supérieure à la coalition occidentale, ce ne l'était pas moins. Mais renoncer à Rome ! Personne ne comprit.

Fallait-il croire au miracle ? À une suite de miracles ordonnés au salut de l'Occident ? L'intervention de Léon Ier favorisa cette croyance. L'époque était à la superstition. L'Église se gardait bien en ce temps-là de doucher les enthousiasmes qui la servaient. On crut au miracle.

D'emblée, Léon Ier fut Léon le Grand et sa canonisation inévitable. Selon Prosper d'Aquitaine[19], Léon aurait dit à Valentinien à son retour à Rome : « Remercions Dieu qui nous a sauvés d'un grand danger. » Le pape pouvait-il dire autre chose ?

Dans le même ordre de l'improbable, on inventa pour expliquer cet évanouissement d'Attila une légende, celle de *L'Offrande à Héléna*. Héléna aurait été une jeune Romaine, belle, pure et pieuse, qui habitait les environs de Mantoue et serait restée seule dans la villa familiale désertée par ses parents avant l'arrivée des Huns parce qu'elle ne craignait rien — que déplaire à Notre-Seigneur.

Attila serait passé par là, aurait demandé à déjeuner, elle l'aurait servi. Ils auraient parlé seule à seul. Elle l'aurait informé de sa décision de consacrer sa vie à Dieu, Dieu d'amour et de paix, et se serait étonnée de le voir lui ne pas cesser de faire la guerre et de tuer de pauvres gens. Attila aurait répliqué que, Fléau de Dieu, il était obligé de remplir sa mission. Quand la jugerait-il accomplie ? aurait demandé Héléna. Ne l'était-elle pas déjà ? Attila se serait troublé, aurait promis de réfléchir. Le résultat de ses réflexions aurait conduit à la conclusion de son entrevue avec le pape.

Une autre version faisait coucher ensemble l'empereur et la jeune chrétienne qui lui aurait sacrifié sa virginité contre promesse de son départ.

Les mêmes hypothèses qu'on avait agitées après le dédain de Constantinople et l'évacuation des champs Catalauniques refirent surface après ce départ. Ces spéculations peuvent se classer en trois supputations principales.

Premièrement. Toutes les batailles sont indécises avant d'être livrées ; Attila, vainqueur de fait, avait évité le risque du combat de trop. Pour les uns, il avait démontré une sagesse supérieure en méprisant la gloire d'une entrée dans la capitale de l'empire d'Occident, la Rome de César et d'Auguste. Pour les autres, une étrange faiblesse qui autorisait tous les espoirs de revanche.

Deuxièmement. Les révoltes qui flambaient à l'orient de son empire l'avaient persuadé de se retourner de ce côté-là sans s'attarder à un siège qui ne pouvait pas être une partie de plaisir, risquait de durer longtemps et de lui coûter davantage à l'Est qu'il n'y gagnerait à l'Ouest.

Enfin, Attila était cyclothymique et frappé d'aboulie dans les situations extrêmes. La peur de gagner le paralysait. En un mot, il était fou.

Cette question de la folie — d'une certaine forme de folie, d'une folie qui aurait horreur de toute conclusion — reste posée quinze siècles plus tard. À telle enseigne que le duc de Lévis-Mirepoix, historien du Moyen Âge, qui soutint très fermement le projet de Maurice Bouvier-Ajam d'écrire une biographie de l'empereur des Huns, lui dit lorsqu'il se lança : « C'est vous qui m'expliquerez si Attila n'était pas un énergumène. »

Les trois hypothèses évoquées ci-dessus sont valables dans les trois cas les plus notables de retraite mystérieuse. Une quatrième hypothèse ne peut concerner que le renoncement à Rome et l'évacuation de l'Italie. La maladie qu'Attila avait révélée à ses lieutenants un soir de janvier 452 à Buda avait pu faire de tels progrès qu'il se serait senti incessamment perdu. Alors, soucieux comme il l'était de sa succession, il aurait regagné sa capitale pour y prendre les dispositions nécessaires.

À son retour dans les plaines danubiennes, il disparut plusieurs jours. Ses médecins furent seuls à le voir. Onégèse assura l'intérim.

Quand il reparut, il s'occupa d'abord de l'empire d'Orient. Il envoya en Pannonie un corps d'armée commandé par Oreste, dont la seule apparition provoqua la retraite en Mésie des légions que l'empereur Marcien y avait fait avancer pour soulager l'Italie. Ce repli acquis, Oreste envoya une délégation à Constantinople réclamer le tribut consenti par Théodose II et refusé par Marcien. Marcien ne répondit pas mais s'inquiéta : il renforça ses garnisons des Balkans.

Attila envoya encore une délégation à Rome. Le tribut consenti par Valentinien n'avait pas été payé. Le retard était inadmissible. Valentinien III s'exécuta en présentant des excuses et prétextant un cafouillage administratif.

Il expédie des armes aux Francs Ripuaires — les Francs des bords du Rhin — qui avaient été ses alliés dans la campagne des Gaules et qu'il tient à conserver. Il reprend les relations avec les Burgondes, qui avaient été des alliés d'Aétius et non des moindres lors de la même campagne. Il apprend avec satisfaction les malheurs des Alains en Gaule : Sangiban, l'écornifleur solognot qui l'a trahi devant Orléans est allé se faire tuer chez les Wisigoths. Les autres Alains se rendent impossibles partout, en Gaule et en Espagne, et sont à peu près exterminés.

En revanche, les Alains de la Volga, du Caucase et de la Caspienne ont repris du poil de la bête ; ils causent les pires soucis à son fils Ellak, qu'il va falloir secourir une fois de plus ; il y va du salut de l'empire.

Attila convoque son état-major. Il se déclare en

parfaite santé et lui annonce son départ en personne pour les steppes de l'Est afin d'y ramener l'ordre. Après quoi, tous ensemble, ils entameront la lutte finale contre les branlants empires romains. Jamais il n'était allé aussi loin dans le dévoilement de ses intentions.

Donc il n'a renoncé à rien. Les retraites d'Orient et d'Occident. Les trois dérobades majeures, devant Constantinople, en Champagne et devant Rome, n'étaient que tactiques. Reculades pour mieux sauter.

Il s'en va comme annoncé vers l'Asie barbare à la tête d'un corps de cavalerie. Pas d'infanterie, pas d'artillerie. C'est le retour aux sources : à cheval, en avant. Il ne rencontrera là-bas que des nomades montés qui disparaîtront en un clin d'œil sous l'horizon, s'il rate leurs encerclements. Il n'en ratera pas. Il a choisi les meilleurs chevaux d'une remonte innombrable, fortifiée par les pâturages incomparables de la *Puszta*. L'affaire est promptement réglée. Les rebelles qui dans trois mois ne seront pas morts imploreront son pardon en masse. Il pardonnera moins largement qu'autrefois ; le temps presse aujourd'hui. Il crache le sang, des faiblesses inconcevables le transforment en petit enfant. Malheur à l'empire dont l'empereur est un enfant !

Il confie une dernière fois le pouvoir à Onégèse, lui enjoignant de tout préparer pour la lutte finale. Sitôt rentré, Constantinople ; Rome tombera sitôt après comme un fruit mûr.

Parti en septembre pour le Caucase et la mer d'Aral, à Noël tout était réglé — pour combien de temps ? — et il était de retour, après une campagne d'une rapidité fantastique : six mille kilomètres de chevauchées, de négociations et de combats.

Il avait divisé sa cavalerie en deux. Une moitié sous Oreste avait poussé vers le Nord, lui-même était descendu dans le Sud jusqu'au site d'Odessa encore loin d'exister — Armand Emmanuel, duc de Richelieu, ne la développerait pour Alexandre Ier que quatorze siècles plus tard. Il avait longé la mer Noire, sans négliger la presqu'île de Sébastopol pour entamer le nettoyage de la steppe comprise entre le Don, la Volga et le Caucase. Ce nettoyage s'était résumé à une campagne d'extermination des Alains, décidément irréductibles. Les Alains du Caucase et les Alains de la Caspienne sortent cette année-là de l'Histoire et l'on n'entendra plus jamais parler d'eux. Entre Rostov, sur le Don, et Astrakhan, sur la Volga, il avait rencontré les mêmes gaillards qui devaient aussi intriguer Oreste et constaté que leur langage était celui des Akatzires. Ces inconnus étaient des Khazars.

Ils étaient là depuis longtemps, occupants du bassin inférieur de la Volga, mais ils étaient si peu nombreux et si peu sociables qu'ils passaient inaperçus, à tel point qu'on les crut disparus avant de les retrouver bien plus tard, en Crimée, prétendant reconstituer l'empire d'Attila.

Les Alains liquidés et les Akatzires domptés, il avait passé la Volga et poursuivi son ménage jusqu'à la rive nord de la mer d'Aral. Après, on ne sait plus.

Oreste avait traversé l'Ukraine au nord de Kiev et rejoint la Volga non loin de Nijni-Novgorod, ancienne Gorki. Il avait atteint la Kama à la hauteur de Molotov, aujourd'hui Perm, puis la façade occidentale des monts Oural.

Il se heurta plusieurs fois à des adversaires inconnus dispersés par petits groupes un peu partout, spécialistes en coups de main, insaisissables. Apparemment sans liens entre eux pourtant certainement parents : la morphologie, le vêtement, l'équipement, les réflexes, les onomatopées, étaient assez éloquents.

Il en trouva vers Kiev, dans la vallée du Boug, dans celle du Dniepr. Il les vit plus nombreux entre la Volga et la Kama. Plus nombreux encore entre la Kama et l'Oural, comme s'ils venaient de l'est comme tout le monde et n'en étaient qu'au commencement de leur migration. Il en tua le plus possible mais il en resta beaucoup.

Ils étaient bien plus sauvages que les Huns. Vraiment rustres sous leurs peaux de bêtes avec un armement primitif — mais efficace entre leurs mains —, haches, javelots, arcs et frondes d'une facture grossière, avec des casques et des boucliers de cuir mal tanné.

Il les crut venus d'outre-Oural, mais il finit par apprendre qu'ils ne connaissaient pas l'Oural et d'ailleurs auraient été incapables de le franchir. Étonnante incapacité sachant que l'Oural ne fut jamais un obstacle majeur. Peut-être l'avaient-ils longé de loin, venant de Sibérie ?

Oreste conclut enfin un pacte d'amitié avec les Bachkirs de l'Oural méridional et s'en retourne vers la Volga qu'il repasse pour aller à Smolensk, de là en Biélorussie, puis en Pologne, franchit la Vistule et regagne Buda pour y attendre son empereur.

Deux écoles s'affrontent quant à la limite de la progression d'Attila : la première arrête son périple à l'embouchure de l'Amou-Daria, la seconde le fait aller bien plus loin. Remontant la rive gauche de l'Amou-Daria, il aurait traversé le Turkménistan, envoyant au passage une ambassade saluer le shah de Perse, et serait entré en Bactriane, jadis l'un des royaumes grecs qui survécurent à Alexandre.

L'invasion de la Bactriane par les Huns au milieu du Ve siècle est un fait historique. Mais de quels Huns s'agit-il ? C'est là-dessus que s'opposent les deux écoles citées ci-dessus.

La première école s'appuie sur René Grousset, pour qui ces envahisseurs auraient été des Huns blancs des rives de la Caspienne qui auraient poussé au sud dans les steppes qui la séparent de la mer d'Aral et de là, poussant toujours, seraient descendus jusqu'à l'Hindou Kouch dans le nord de l'Afghanistan. Pour la seconde école, c'étaient les Huns d'Attila. Mais se pose dans ce dernier cas la question du temps.

Attila a quitté l'Europe centrale en septembre et

il était de retour à Noël. Il aurait parcouru en moins de quatre mois jusqu'à la mer d'Aral vers l'est plus de six mille kilomètres. L'incursion en Bactriane en aurait ajouté au bas mot deux mille. En cent jours, il aurait franchi huit mille kilomètres, en négociant, combattant et réorganisant une administration démantelée. On ne prête qu'aux riches mais pareille performance ne paraît pouvoir relever que de l'imaginaire.

Il revint par Odessa, l'est de la Roumanie et retrouva le Danube près de Buda où Oreste l'attendait. Fatigué par le rythme de cette expédition gigantesque, il s'abîma le reste de l'hiver dans les ultimes préparatifs de l'assaut final contre les empires romains.

Fin de partie

Le printemps approchant, il résolut de contracter un nouveau mariage pour se mettre en jambes avant de marcher sur Rome. Combien de fois s'est-il marié ? Le compte est impossible. On ne sait pas non plus le nom de l'élue.

Priscos donne celui d'Ildico, mais on le sait apocryphe.

Elle avait seize ans, Attila cinquante-huit. Ç'aurait été une princesse franque, des Francs Ripuaires du Rhin, ou la fille d'un chef ostrogoth ou alaman, ou une princesse danoise qui aurait tout quitté pour le suivre, ou une princesse burgonde qui aurait plaqué son fiancé pour s'offrir à l'empereur des Huns qu'elle admirait depuis toujours. Ou une princesse wisigothe d'Aquitaine pareillement subjuguée. Ou la fille d'un roi de Bactriane capturée quelques mois auparavant.

On le voit, rien n'est sûr, sinon que la belle était princesse.

Priscos lui prête le type grec et de longs cheveux blonds qui lui tombent jusqu'aux reins. On n'en sait rien de plus.

Il l'épousa vers le 15 mars 453 lors d'une fête magnifique qui tenait de la concentration militaire autant que des réjouissances nuptiales, car il avait résolu d'entrer en campagne sitôt après sa nuit de noces.

Il n'y aura pas de campagne. Il n'y aura pas de nuit de noces. À peine retiré dans sa tente avec sa dernière élue, l'empereur des Huns fut pris de crachements de sang et mourut.

Le lendemain à midi, il ne s'était pas montré et sa princesse non plus. Ce n'était pas son genre. Édécon et Onégèse viennent frapper à la porte, en présence de plusieurs membres de sa garde et de quelques-uns de ses fils. Pas de réponse. Édécon enfonce la porte, suivi d'Onégèse.

Attila est renversé sur son lit, le visage, le cou et la poitrine couverts de sang. Il est mort. Dans un coin sa fiancée, recroquevillée dans des fourrures, tremble de tous ses membres, incapable de dire un mot.

Les trois médecins, le Gaulois, le Grec, le Hun, sont appelés. Ils ne relèvent rien de suspect. Aucune trace de violence ni d'empoisonnement.

Apoplexie hémorragique suivie d'étouffement, voilà ce qui a tué l'empereur des Huns. Les médecins ne s'étonnent pas. Il crachait le sang depuis longtemps. Il l'a craché plus fort hier, et voilà. Trop de vin, trop de viandes, trop d'excitation. C'était fatal.

On interroge la fiancée. Ils étaient couchés côte à côte, mais il ne l'a pas touchée. Il s'est effondré tout de suite, vaincu par l'ivresse, dans un sommeil cataleptique. Puis il s'est réveillé pour vomir et lui a dit : « N'appelle personne. » Elle s'est levée, s'est enveloppée dans sa fourrure, s'est rencognée. Il a bientôt vomi des flots de sang, hoquetant et se débattant, puis très vite n'a plus bougé.

« N'appelle personne »... Voulut-il dire qu'il refusait d'être soigné ?

La grande salle du festin des noces fut vidée. On dressa au milieu un lit de parade où l'on déposa le corps d'Attila habillé de fourrures, l'épée de Mars dans la main droite, une pique d'argent dans la gauche, un bouclier d'honneur aux pieds.

Une foule énorme hurlant de rage s'était rassemblée devant le palais, réclamant l'assassin. Dans la salle où se pressaient tous les dignitaires de l'empire, Onégèse et Édécon assis près du lit pleuraient sans retenue. Scotta sortit le premier et harangua la foule.

Il faut se calmer, dit-il, il n'y a pas d'assassin, la mort est naturelle. Demain seront donnés les jeux funèbres dans la plaine où Attila reposera sous une tente de soie. Pendant ce temps, on creusera sa tombe dans un lieu secret pour éviter sa profanation.

La tente est dressée au crépuscule. Attila y est transporté et déposé sur un amas de fourrures et de tapis précieux. Ses fils, Onégèse, des rois étrangers, dont le Gépide Alaric, montent toute la nuit une garde d'honneur.

Les jeux funèbres — courses de chevaux, lancers de javelots, tirs à l'arc, danses, défilés, simulacres de combats, récitation d'hymnes épiques à la gloire du mort — occupent le lendemain, tandis qu'au large on creuse la tombe.

Qui la creuse et où ?

On ne sait pas. On a beaucoup cherché mais on n'a pas trouvé. On a voulu que le palais de bois où il avait installé sa conquête ait été monté près de la Tisza, affluent de la rive gauche du Danube qui traverse du nord au sud la grande plaine hongroise sur plusieurs centaines de kilomètres, mais rien n'a pu être prouvé. On a affirmé qu'il aurait été inhumé dans le lit de la rivière même, dont le cours aurait été détourné le temps de creuser la tombe, puis rétabli pour la cacher sous l'eau.

L'emplacement de la sépulture devant demeurer secret, les terrassiers travaillèrent loin de la foule rassemblée pour la noce et retenue par les funérailles. On imagine plusieurs cordons concentriques successifs de sentinelles qui auraient interdit à quiconque de s'approcher d'un centre qui ne pouvait pas ne pas être éloigné du plus large de ces cercles, vu la platitude de la plaine où le regard d'un cavalier porte plus loin que celui d'un piéton.

On peut penser que les fossoyeurs et aménageurs d'une tombe qui devait être somptueuse aient été exécutés pour s'assurer leur silence comme en d'autres occasions historiques. Cela en dit long sur le respect des Huns envers leur empereur mort. Puis ces histoires d'égorgements pour garantir le secret ont le défaut d'être absurdes : les égorgeurs savent le secret, il faut les égorger aussi pour le perpétuer. Et ainsi de suite jusqu'à la fin du genre humain, à moins que, besogne faite, les égorgeurs ne s'égorgent eux-mêmes. Et cette solution n'est pas si satisfaisante qu'on croit. Rien ne dit que des vautours ou autres charognards, tournoyant au-dessus des cadavres, n'aient pas signalé leur position aux plus pressés des éventreurs de sépulture.

Quinze siècles ont passé, le tombeau a peut-être été pillé depuis longtemps sans que personne en ait rien su. Les voleurs ne se vantent de leurs vols que s'ils y trouvent intérêt. Dans le cas d'Attila, les vengeurs au long des siècles n'auraient pas manqué.

On admet aujourd'hui les précisions que donne Jornandès, l'historien goth qui écrivit cent ans après les faits. Pourtant sa prose, très exaltée, incite à douter de ses affirmations, d'autant qu'il ne cite guère de sources.

Il écrit qu'avant et pendant la noce Attila aurait manifesté une hilarité constante. Jamais fiancé, surtout impérial, n'aurait affiché pareille gaieté. Aucun pressentiment morbide ne l'aurait effleuré.

Jornandès écrit aussi, et cela est mieux accepté car cet usage n'était pas rare pour les grands de ce monde, qu'on lui fit un triple cercueil : le premier de fer, où il fut déposé, le deuxième d'argent où fut placé le premier, le troisième d'or où fut placé le deuxième. Étrange disposition, l'inverse eût, semble-t-il, été plus normal. Le corps du conquérant, glorieux depuis longtemps, n'eût-il pas mérité le contact de l'or, de l'or inaltérable, plutôt que celui du fer qui rouille et tombe en poudre ?

Le tout fut descendu dans la tombe pour attendre la fin du monde, en présence de quelques intimes qui eux aussi gardèrent le secret. Tandis qu'à bonne distance de là, dans un camp étroitement gardé, l'armée entière partageait le festin funèbre des Huns, appelé *Strava*, immense soûlerie devant des montagnes de viandes crues et cuites, explosion collective de vie qui réduit la mort à rien ou du moins à peu de chose.

Attila disparu, son empire éclata aussitôt. Un an à peine après sa mort, les Ostrogoths et les Gépides s'étant révoltés, les Huns étaient écrasés en Pannonie et son fils aîné Ellak était tué dans la bataille. Ils refluèrent alors vers la steppe russe emmenés par Denghizikh, autre fils d'Attila, demi-frère d'Ellak. Trois autres fils, Ernak, Emnedzar et Uzindur, demandèrent des terres aux Romains. Ernak fut ainsi cantonné dans la Dobroudja et les deux autres en Mésie.

Une quinzaine d'années plus tard, Denghizikh entraînera une dernière fois ses Huns contre l'empire d'Orient dans la basse vallée du Danube. Il fut vaincu et tué et sa tête exposée à Constantinople au milieu du cirque en 468.

Le dernier descendant connu d'Attila, son petit-fils Mund, fut général de l'empereur romain d'Orient Justinien et sera tué vers 560, ironie du sort, dans une rencontre avec des Huns qui étaient depuis longtemps hors d'état de menacer l'empire.

L'empire romain survécut vingt-trois ans à Attila, non sans que son ministre Oreste s'en fût emparé, et ce fut le fils de l'un de ses plus proches lieutenants, Édécon, chef de son artillerie, qui en eut raison. Le garçon s'appelait Odoacre. Il était fils d'Édécon et d'une princesse scyre et il était devenu roi des Hérules de la mer Noire.

Oreste, romain, était rentré en Italie après la mort de son maître. Devenu chef des milices de l'empereur Julius Nepos, il l'estima incapable, le déposa en 476 et fit proclamer à sa place son propre fils, Romulus Augustule.

Quelques semaines plus tard, Odoacre envahit l'Italie, s'empara de Rome, déposa Romulus Augustule, fit décapiter Oreste et, se proclamant roi-patrice, il renvoya à Constantinople, où régnait alors Zénon, les insignes impériaux, rétablissant, très formellement, l'unité de l'empire, et abolissant du même coup celui d'Occident, à qui celui d'Orient survivra mille ans.

ANNEXES

REPÈRES CHRONOLOGIQUES

395. Naissance d'Attila. Division du pouvoir impérial par Théodose Ier entre ses deux fils, Honorius et Arcadius. Le premier aura l'empire romain d'Occident, capitale Rome ; le second l'empire romain d'Orient, capitale Constantinople.

405. Honorius envoie Aétius à la cour du roi hun Roas où il devient l'ami d'Attila, qui est le neveu de Roas.

408. Attila séjourne à la cour d'Honorius ; il y retrouve Aétius.

412. Attila revient chez Roas. Les relations sont bonnes entre Rome et les Huns.

413-421. Attila se forme au gouvernement et se déplace sans cesse du Danube au Caucase. Il devient rapidement le bras droit de son oncle.

423. Mort d'Honorius.

424. Valentinien III, fils de Galla Placidia, sœur d'Honorius, devenue régente, est proclamé empereur d'Occident.

432. Le Hun est le « premier allié » de Rome, mais les relations sont mauvaises avec Constantinople.

434. Mort de Roas. Attila devient roi, puis, en 435, empereur autoproclamé. Traité de Margus, première défaite de l'empire d'Orient face à Attila, premier triomphe d'Attila.

435-437. Les Huns appuient les Romains d'Aétius contre les Burgondes, les bagaudes gaulois, les Wisigoths.

446-447. Attila attaque l'empire d'Orient et le met à sa merci, mais il renonce à prendre Constantinople.

449. Traité de paix entre les Huns et l'empire d'Orient. Triomphe d'Attila. Constantinople décide de l'assassiner. Le complot échoue. L'humiliation de l'empire d'Orient est totale.

450. Attila attaque l'empire d'Occident en Gaule. Les champs Catalauniques. Retraite d'Attila.

452. Attila attaque l'empire d'Occident en Italie. Met l'empire à sa merci, mais renonce à prendre Rome sur les instances du pape Léon le Grand.

453. Attila prépare sa campagne finale contre les empires romains, mais il meurt au mois de mars. Son empire éclate aussitôt.

RÉFÉRENCES BIBLIOGRAPHIQUES

Textes anciens de contemporains d'Attila.

Les seuls auteurs contemporains d'Attila sont Priscos, Sidoine Apollinaire et Prosper d'Aquitaine.

PRISCOS, *Journal*, texte grec et traduction latine dans *Corpus scriptorium historiae byzantinae*, Bonn, 1829 ; *Fragmenta historicum graecorum*, Carolus Müllerus, Paris, Firmin-Didot, 1868.

De larges extraits du *Voyage en Hunnie* du *Journal* de Priscos ont été traduits par Marcel BRION, in *La Vie d'Attila*, Paris, Gallimard, 1928 ; Club des Libraires de France, 1958.

SIDOINE APOLLINAIRE, *Œuvres complètes*, dont *Lettres, Préface du panégyrique d'Avitus, Panégyrique de l'empereur Avitus*, édition bilingue latin-français d'Eugène Baret, sous la direction de Nisard, Paris, Firmin-Didot, « *Collection des auteurs latins* », 1887.

PROSPER D'AQUITAINE, *Chronicon* (Chronique), publié par l'abbé Jacques Paul Migne dans sa patrologie latine, tome LI, 1846.

Textes anciens postérieurs à Attila.

Histoire générale des Goths, traduit en français par Drouet de Maupertuis, Paris, Veuve C. Barbin, 1703.

CASSIODORE, *Chronicon*, publié par l'abbé Jacques Paul Migne dans sa *Patrologie latine*, tome LXIX, 1848.

JORNANDÈS, *Histoire des Goths*, édition bilingue latin-français de G. Fournier de Moujan, sous la direction de M. Nisard, Paris, Dubochet-Le Chevalier, « *Collection des auteurs latins* », 1849.

PAUL DIACRE, *Opera historica*, publié par l'abbé Jacques Paul Migne dans sa *Patrologie latine*, tome XCV, 1851.

Ouvrages modernes.

MAURICE BOUVIER-AJAM, *Attila*, Paris, Tallandier, 1982.

MARCEL BRION, *La Vie d'Attila*, Paris, Gallimard, 1928 ; Club des Libraires de France, 1958.

GENEVIÈVE DEVIGNES, *Ici le monde changea de maître : Attila*, Paris, Éditions internationales, 1953.

LOUIS HAMBIS, *Attila et les Huns*, Paris, P.U.F., « Que sais-je ? », 1972.

Dr MAURICE PERCHERON, *Attila*, in *Les Conquérants d'Asie*, Paris, Payot, 1950 ; *Sur les pas d'Attila*, Del Duca, 1962.

AMÉDÉE THIERRY, *Histoire d'Attila et de ses successeurs jusqu'à l'établissement des Hongrois en Europe*, Paris, Librairie Académique Didier-Émile Perrin, 1884.

ÉDOUARD TROLONG, *La Diplomatie d'Attila*, in *Revue d'histoire diplomatique*, 22e année, Paris, Plon, 1908.

Sur les Huns.

RENÉ GROUSSET, *L'Empire des steppes*, Paris, Bibliothèque historique Payot, 2001.

NOTES

1. René Grousset, *L'Empire des steppes*, Payot, 2001.

2. *Histoire de France depuis les origines jusqu'à la Révolution*, sous la direction d'E. Lavisse, nouvelle édition Tallandier, 1981.

3. Sidoine Apollinaire, *Œuvres complètes*, Firmin-Didot, 1887.

4. Maurice Bouvier-Ajam, *Attila*, Tallandier, 1982.

5. *Ibid.*

6. *Ibid.*

7. Priscos, *Journal*, Firmin-Didot, 1868.

8. Maurice Bouvier-Ajam, *Attila, op. cit.*

9. *Ibid.*

10. Priscos, *Journal, op. cit.*

11. Le *Journal* de Priscos est la source essentielle de ce chapitre et toutes les citations en sont extaites.

12. Maurice Bouvier-Ajam, *Attila, op. cit.*

13. Jornandès, *Histoire des Goths*, Dubochet-Le Chevalier, 1849.

14. Sidoine Apollinaire, *Œuvres complètes, op. cit.*

15. *Ibid.*

16. Priscos, *Journal, op. cit.*

17. Prosper d'Aquitaine, *Chronicon* (Chronique), 1846.

18. Prosper d'Aquitaine, *Chronicon, op. cit.*

19. *Ibid.*

ANNEXES

FOLIO BIOGRAPHIES

Attila, par ÉRIC DESCHODT

Balzac, par FRANÇOIS TAILLANDIER

Jules César, par JOËL SCHMIDT

Cézanne, par BERNARD FAUCONNIER

James Dean, par JEAN-PHILIPPE GUERAND

Freud, par RENÉ MAJOR ET CHANTAL TALAGRAND

Gandhi, par CHRISTINE JORDIS

Billie Holiday, par SYLVIA FOL

Ibsen, par JACQUES DE DECKER

Kafka, par GÉRARD-GEORGES LEMAIRE

Louis XVI, par BERNARD VINCENT

Michel-Ange, par NADINE SAUTEL

Modigliani, par CHRISTIAN PARISOT

Pasolini, par RENÉ DE CECCATTY

Virginia Woolf, par ALEXANDRA LEMASSON

Stefan Zweig, par CATHERINE SAUVAT

À paraître en octobre 2006

Baudelaire, par JEAN-BAPTISTE BARONIAN

Jack Kerouac, par YVES BUIN

Picasso, par GILLES PLAZY

Shakespeare, par CLAUDE MOURTHÉ

Composition Nord Compo
Impression Maury-Eurolivres
45300 Manchecourt
le 21 avril 2006.
Dépôt légal : avril 2006.
Numéro d'imprimeur : 21/04/121387.

ISBN 2-07-030903-7. / Imprimé en France.

136858